AF204889

Tucholsky Wagner Zola Scott Sydow Freud Schlegel
Turgenev Wallace Fonatne
Twain Walther von der Vogelweide Fouqué Friedrich II. von Preußen
Weber Freiligrath Frey
Fechner Fichte Weiße Rose von Fallersleben Kant Ernst Richthofen Frommel
Engels Fielding Hölderlin Tacitus Dumas
Fehrs Faber Flaubert Eichendorff
Feuerbach Maximilian I. von Habsburg Fock Eliasberg Zweig Ebner Eschenbach
Ewald Eliot Vergil
Goethe Elisabeth von Österreich London
Mendelssohn Balzac Shakespeare Dostojewski Ganghofer
Trackl Stevenson Lichtenberg Rathenau Doyle Gjellerup
Mommsen Tolstoi Hambruch
Thoma Lenz Hanrieder Droste-Hülshoff
Dach Verne von Arnim Hägele Hauff Humboldt
Karrillon Reuter Rousseau Hagen Hauptmann Gautier
Garschin Defoe Baudelaire
Damaschke Descartes Hebbel
Hegel Kussmaul Herder
Wolfram von Eschenbach Dickens Schopenhauer
Bronner Darwin Melville Grimm Jerome Rilke George
Campe Horváth Aristoteles Bebel Proust
Bismarck Vigny Barlach Voltaire Federer Herodot
Gengenbach Heine
Storm Casanova Tersteegen Grillparzer Georgy
Chamberlain Lessing Langbein Gilm
Brentano Gryphius
Strachwitz Claudius Schiller Lafontaine
Bellamy Schilling Kralik Iffland Sokrates
Katharina II. von Rußland Gerstäcker Raabe Gibbon Tschechow
Löns Hesse Hoffmann Gogol Wilde Gleim Vulpius
Luther Heym Hofmannsthal Klee Hölty Morgenstern Goedicke
Roth Heyse Klopstock Kleist
Luxemburg Puschkin Homer Mörike Musil
La Roche Horaz
Machiavelli Kierkegaard Kraft Kraus
Navarra Aurel Musset Moltke
Nestroy Marie de France Lamprecht Kind Kirchhoff Hugo
Laotse Ipsen Liebknecht
Nietzsche Nansen Ringelnatz
Marx Lassalle Gorki Klett Leibniz
von Ossietzky May vom Stein Lawrence Irving
Petalozzi Platon Knigge
Sachs Pückler Michelangelo Kafka
Poe Liebermann Kock
de Sade Praetorius Mistral Zetkin Korolenko

Der Verlag tradition aus Hamburg veröffentlicht in der Reihe **TREDITION CLASSICS** Werke aus mehr als zwei Jahrtausenden. Diese waren zu einem Großteil vergriffen oder nur noch antiquarisch erhältlich.

Symbolfigur für **TREDITION CLASSICS** ist Johannes Gutenberg (1400 — 1468), der Erfinder des Buchdrucks mit Metalllettern und der Druckerpresse.

Mit der Buchreihe **TREDITION CLASSICS** verfolgt tradition das Ziel, tausende Klassiker der Weltliteratur verschiedener Sprachen wieder als gedruckte Bücher aufzulegen – und das weltweit!

Die Buchreihe dient zur Bewahrung der Literatur und Förderung der Kultur. Sie trägt so dazu bei, dass viele tausend Werke nicht in Vergessenheit geraten.

Geheime Geschichten und rätselhafte Menschen - Zehntes Bändchen

Sammlung verborgener oder vergessener Merkwürdigkeiten

Friedrich Bülau

Impressum

Autor: Friedrich Bülau
Umschlagkonzept: toepferschumann, Berlin

Verlag: tradition GmbH, Hamburg
ISBN: 978-3-8424-0393-2
Printed in Germany

Vorwort

Ein wie langes und zähes Leben manche Geschichtslügen zu führen vermögen, bewies wieder einmal die in der »Deutschen Revue«
1899[1] erfolgte Publikation eines angeblichen Tagebuchs der unglücklichen Zarewna Charlotte, der Schwiegertochter Peters des
Großen, das die schon zu wiederholten Malen, unter anderem auch
von Bülau in dem ersten der folgenden Aufsätze, widerlegte Erzählung von neuem auftischte, die Prinzessin sei 1715 in Wirklichkeit
nicht gestorben, sondern vor den Nachstellungen ihres Gemahls,
des rohen Alexei, geflohen und habe sich in Amerika mit einem
französischen Edelmann wieder verheiratet. Der Ursprung dieser
romantischen Erzählung ist nicht genau bekannt. Soweit sie sich
verfolgen ließ, taucht sie zuerst im Jahr 1777, also über sechzig Jahre
nach dem Tode der Prinzessin, auf, und zwar in den *»Nouveaux
voyages d'Amérique septentrionale«* des französischen Forschungsrei-
senden Bossu, der sie von einer »ziemlich großen Anzahl glaub-
würdiger Personen« vernommen haben will, doch erschien ihm
selbst das Gerücht so unglaublich, daß er jede Bürgschaft für dessen
Richtigkeit ablehnen zu müssen erklärt. Weit bestimmter, sonst aber
völlig mit Bossu übereinstimmend, findet sich dieselbe Geschichte
in den wenige Jahre später von La Place veröffentlichten *»Pièces
intéressantes et peu connues, pour servir à l'histoire«*,[2] wo sie eine Epi-
sode in einer Anekdotensammlung aus dem Nachlaß des Histori-
kers Duclos bildet. Ja Duclos will die Zarewna im Jahre 1768 in
Vitri, in der Nähe von Paris, wo sie unter dem Namen einer Frau
von Moldack gelebt habe, selbst gesehen haben. Eine Erzählung, die
1797 in dem Journal »Flora, Deutschlands Töchtern geweiht« unter
dem Titel »Die deutsche Prinzessin« erschien, beruht wohl auf Duclos' Bericht. Vielleicht ist Zschokke dadurch zu seiner anmutigen
Novelle »Die Prinzessin von Wolfenbüttel« angeregt worden, wenigstens schließt er sich ihr im großen und ganzen an, wenn er auch
manche Einzelheiten frei gestaltet und dichterisch ausgeschmückt
hat. Charlotte Birch-Pfeiffer verarbeitete den romantischen Stoff

---

[1] Oktober – Dezember.

[2] Brüssel und Paris 1781, 2. Aufl. 1785, Band I, S. 178 fg.

unter dem Titel »Santa Chiara«[3] zu einem Opern-Libretto, zu dem der Herzog Ernst von Sachsen-Coburg die Musik schrieb, und endlich publizierte Luise Lüdemann die schon erwähnten »Fragmente aus dem ungedruckten Tagebuche einer Großfürstin von Rußland,« die von der Prinzessin einem Buchhändler Nothomb in Brüssel übergeben sein sollen, mit dem Wunsche, sie erst fünfzig Jahre nach ihrem Tode zu veröffentlichen; durch Nothomb soll das Manuskript an Fräulein Lüdemanns Vater gelangt sein. Ohne die *bona fides* der Herausgeberin im geringsten in Zweifel ziehen zu wollen, wird doch ein Sachkundiger die Unechtheit dieser Memoiren auf den ersten Blick erkennen. Denn abgesehen von zahlreichen unbedeutenderen historischen Unrichtigkeiten, wiederholen sie die schon so häufig, besonders von Guerrier in seiner ausführlichen, auf authentischen Dokumenten und Briefen beruhenden Biographie[4] Charlottens widerlegte Sage von deren Fortleben in Amerika und tragen dadurch den Stempel der Unechtheit an der Stirn. Man lese bei Guerrier die eingehenden zeitgenössischen Berichte über den Verlauf der Krankheit, den Tod und die Beisetzung der Prinzessin, die mit dem angeblichen Tagebuch in krassestem Widerspruch stehen, und man wird nicht den geringsten Zweifel haben, daß es sich nur um eine weitere novellistische Bearbeitung des interessanten Themas handelt, die, mag sie von Nothomb oder einem andern herrühren, ihrem Stil und ihrer Fassung nach auf das Ende des 18. Jahrhunderts hinweist.

Weniger sagenumwoben, in Wirklichkeit aber viel abenteuerlicher ist die Lebensgeschichte des Helden der zweiten Erzählung dieses Bändchens. Wenn jemand den Wechsel des Glückes erfuhr, so war es Alexei Menczikoff, der sich vom Pastetenbäckerjungen zum allmächtigen Regenten des russischen Reiches aufschwang, um endlich in der Verbannung in Sibirien zu enden. Sein Lebensbild ergänzt und setzt die im fünften Bündchen der geheimen Geschichten geschilderte Regierungszeit Katharinas I. fort.

Robert Geerds.

---

[3] Universal-Bibliothek Nr. 2917.

[4] Die Kronprinzessin Charlotte von Rußland, Schwiegertochter Peters des Großen, nach ihren noch ungedruckten Briefen (Bonn 1875).

Der Zarewitsch Alexei und seine Gemahlin.

Gewiß ereignen sich im wirklichen Leben wunderbarere und bunter verflochtene Begebenheiten und Schicksale, als die erfinderischste Phantasie zu erdenken vermag, und die überraschendsten Gebilde der letzteren sind zuletzt doch dem wirklichen Leben abgelauscht und wirken am meisten, wenn sie es sind. Auf der anderen Seite ist es aber auch wahr, daß das Unwahrscheinliche, wenn es einige pikante, romantische Färbung hat, oft weit willigeren und festeren Glauben findet, als die einfache und nüchterne Wahrheit, und daß es namentlich überaus schwer fällt, einen, der so eine pikante Geheimgeschichte erlauscht zu haben vermeint, zu überzeugen, daß es mit der ganzen Sache nichts sei.

In der zweiten Hälfte des vorigen Jahrhunderts lief, bis die französische Revolution und ihre Folgen alle Aufmerksamkeit von den Schicksalen einzelner Personen ab und auf die sogenannten großen Weltbegebenheiten hinzogen, eine Geschichte durch Europa, die auch wohl heute noch zuweilen wiederholt und als immerhin möglich hingenommen wird, ungeachtet sie in ihren wesentlichsten Vordersätzen mit notorischen und gänzlich unableugbaren Thatsachen so in Widerstreit steht, daß man nicht begreifen kann, warum ihre ersten Erfinder die Erfindung nicht etwas feiner anlegten. Indes ist es mit den meisten pikanten Geschichten, von denen die französischen Memoiren wimmeln, ungefähr ebenso, und überall begegnen wir bei Schriftstellern und Lesern dem größten Leichtsinn in betreff der Beweise, der größten Ungenauigkeit in betreff der äußeren Thatsachen und der größten Geneigtheit, doch alles auf Treu' und Glauben hinzunehmen, was der Richtung oder Tendenz gerade zusagt.

Die Prinzessin Charlotte Christine Sophie von Braunschweig-Wolfenbüttel war die zweite Tochter des kräftigen und geistvollen Herzogs Ludwig Rudolf, die Enkelin des talentvollen, aber ehrgeizigen und unruhigen Anton Ulrich.[5] Ihr Vater, der in seiner Jugend

---

[5] Er starb 1714 als 81jähriger Greis. Sein ältester Sohn, August Friedrich, war 1676 in k.k. Diensten bei der Belagerung von Philippsburg gefallen. In der Regierung folgte ihm erst sein zweiter Sohn August Wilhelm, dann nach dessen, trotz

große Reisen gemacht, auch gegen die Franzosen gekämpft hatte, wobei er bei Fleurus (1690) gefangen ward, hatte die längste Zeit in der kleinen Grafschaft Blankenburg residiert, die ihm als erbliche Apanage zugefallen war, und die er seit dem Tode seines Vaters mit voller Oberhoheit regierte, nachdem ihm schon vorher (1. November 1701) gelungen war, sie zu einem Fürstentume erheben zu lassen. Hier wurden ihm, in der schönen ländlichen Einsamkeit des romantischen Harzes, auf dem von ihm erbauten Schlosse, das in einer viel späteren Zeit ein Asyl geflüchteter Bourbons werden sollte, aus seiner Ehe mit Christine Luise,[6] einer Tochter des Fürsten Albrecht Ernst von Oettingen, vier Töchter geboren. Die Älteste, Elisabeth Christine, geboren 28. August 1691, vermählte sich, nachdem sie (1. Mai 1707) zu Bamberg zur römisch-katholischen Religion übergetreten war, 1708[7] mit dem damaligen König Karl III. von Spanien, nachherigen Kaiser Karl VI. Sie bestand die Gefahren seiner spanischen Kämpfe mit ihm; ja selbst nachdem er, zur Übernahme größerer Bestimmungen, nach Deutschland zurückgeeilt war, blieb sie noch drei Jahre lang als Regentin in Catalonien, unterstützt vom Fürsten Anton Liechtenstein und Graf Guido Starhemberg, und geschützt von den treuen Catalanen. Sie war eine schöne, liebenswürdige und allgeliebte Frau, geistvoll und tugendhaft, und zog im ganzen ein nicht bloß glänzendes, sondern auch glückliches Los, wenn sie auch manchen Kummer und manche Unruhe erlebt hat. Die zweite Tochter, Charlotte Auguste (geb. 23. Juli 1692), starb im Jahre ihrer Geburt (8. August). Die jüngste Tochter Rudolfs, Antoinette Amalie, geboren 22. April 1696, vermählte sich am 15. Oktober 1712 mit ihrem Vetter, dem Herzog Ferdinand Albert von Braunschweig-Bevern,[8] und ward dadurch die Stammmutter des

---

dreimaliger Verehelichung, kinderlosem Tode (23. März 1731) der dritte Sohn Ludwig Rudolf (geb. 1671).

[6] Sie starb erst 1747.

[7] Die Ehe ward per procurationem zu Maria Hietzing am 23. April geschlossen und dann zu Barcelona am 1. August vollzogen. Sie ward am 10. Oktober 1714 als Königin von Ungarn, am 8. September 1723 als Königin von Böhmen gekrönt. Nach einer glücklichen Ehe am 20. Oktober 1740 zur Witwe geworden, starb sie am 21. Dezember 1750, nachdem sie noch das Glück und den Sieg ihrer großen Tochter Maria Theresia erlebt hatte.

[8] Sein gleichnamiger Vater war ein Bruder Anton Ulrichs, er selbst also mit Ludwig Rudolf Geschwisterkind. Sein kunstsinniger Vater war viel gereist, hieß

Hauses Braunschweig, die Großmutter jenes tapfern, geistvollen und edelsinnigen Karl Wilhelm Ferdinand, welcher sich 1806 bei Auerstädt seine Todeswunde holte, die Urgroßmutter jenes Friedrich Wilhelm, der 1815 bei Quatrebras fiel. Ihr Gemahl[9] folgte ihrem Vater am 1. März 1735 in der Regierung der braunschweigischen Lande, welche der letztere seit dem Tode seines Bruders (1731) übernommen hatte, starb aber schon am 3. September desselben Jahres.

Ein traurigeres Los, als jene beiden Töchter Ludwig Rudolfs, zog die drittgeborene Schwester, Charlotte Christine Sophie, geboren am 28. August 1694. Sie wurde am 25. Oktober 1711, nicht ohne Einfluß des ihr seit drei Jahren so nahe verschwägerten Wiener Hofes,[10] mit dem Zarewitsch Alexei, dem einzigen Sohn Peter des Großen, vermählt. Die Hochzeit fand in Gegenwart des Zaren zu Torgau, dem damaligen Aufenthalte der Gemahlin König Augusts von Polen, bei der Charlotte erzogen war, statt und war mit großen Feierlichkeiten verbunden. Diese Ehe ward eine unglückliche. Alexei (geb. 18. Februar 1690), der Sohn einer längst verstoßenen Mutter, Awdotja Lapuchin, in seiner ersten[11] Erziehung vernachlässigt, in die Hände altgläubiger Russen geraten, die ihn gegen alle Neuerungen seines Vaters feindselig gestimmt und sein geistiges Leben in den engen Kreis der Subtilitäten byzantinischer Theologie gebannt hatten, dabei roh und ausschweifend, beschränkt und voller Vorurteile, ohne Teilnahme für irgend einen der Gegenstände, die seinem Vater vornehmlich am Herzen lagen, besaß begreiflich des letzteren Gunst nicht in besonderem Grade, und der Vater scheint sich auch wenig Mühe gegeben zu haben, in zweckmäßiger Weise

---

in der fruchtbringenden Gesellschaft der Wunderliche, beschrieb seine Reisen unter dem Titel:»Wunderliche Begebnisse und wunderlicher Zustand in dieser wunderlichen und verkehrten Welt« (Bevern, 1678, 5 Bde. 4.), verlor zwei Söhne auf dem Schlachtfelde und starb 1687.

[9] Geb. 19. Mai 1680, tapfer vor Landau und Belgrad, k. k. und des Reichs General-Feldmarschall (1716), Gouverneur von Komorn.

[10] Zunächst jedoch war diese Verbindung zu Jaworowo in Polen, wo sich Peter damals aufhielt, durch den braunschweigischen Gesandten Hans Christoph von Schleinitz verhandelt worden.

[11] Später ward ein Baron Huyssen aus waldeckschen Diensten nach Rußland gezogen. Der war aber nur Lehrer. Der Aufseher ward Menczikoff, der schwerlich geneigt war, den Prinzen zum großen Kaiser zu erziehen.

einen anderen Sinn in seinem Sohne zu erwecken. Doch verheiratete er ihn, wie wir sahen, standesmäßig, ließ ihn in der Hauptsache nach seinen Neigungen leben, nahm ihn, was freilich nicht die Sache des Prinzen war, auf mehrere Feldzüge mit, übertrug ihm auch, während des Türkenkrieges, die nominelle Regentschaft des Reiches. Doch war es eben in diesem Zeitpunkte bezeichnend für das Urteil des Kaisers über den Regentenberuf seines Sohnes, daß er in jenem berühmten Schreiben,[12] das er in der großen Gefahr am Pruth an den Senat sendete, diesem auftrug, im Falle seines Unterganges den Würdigsten zum Nachfolger zu wählen.

Das junge Paar war von Torgau aus über Wolfenbüttel nach Rußland gereist,[13] und die Prinzessin mag bei diesem letzten Aufenthalte in der geliebten Heimat wohl ihre letzten frohen Stunden genossen haben. Ihrem Gemahl und dessen Umgebungen war es schon ein Dorn im Auge, daß der Prinzessin verstattet worden war, bei der lutherischen Konfession zu beharren. Sie gewann nicht den mindesten Einfluß über ihn, sein Herz und sein Wesen. Wie er in allem wider die Wünsche seines Vaters handelte, so konnte es auch der Prinzessin nichts helfen, daß der große Zar ihre Bildung und Tugend besser zu würdigen wußte, als sein Sohn. Dieser behandelte seine Gemahlin mit gänzlicher Mißachtung. Er hatte sich eine finnische Magd zur Geliebten erkoren, mit der er den rechten Flügel seines Palastes bewohnte, während seiner Gemahlin der linke angewiesen war. Er vermied es, sie zu sehen, und wenn er ihrer Gesellschaft nicht ausweichen konnte, sprach er doch kein Wort mit ihr. Doch vielleicht war diese Gleichgültigkeit, dieses Ausweichen

---

[12] Siehe dieses Schreiben in: Herrmann, »Geschichte des russischen Staates,« Bd. IV, S. 270. Dasselbe ist übrigens unecht: s. Brückner, »Peter der Große,« S. 466 (Berlin 1879).

[13] Das junge Paar war nicht direkt von Wolfenbüttel nach Rußland gereist, sondern nach der damals noch polnischen Stadt Thorn, wo der Zarewitsch für den bevorstehenden Feldzug gegen Schweden Magazine einrichten sollte. Während Alexei sich dann im Frühling 1712 auf den Kriegsschauplatz nach Pommern begab, siedelte Charlotte nach Elbing über und kehrte endlich, von Heimweh getrieben, ohne Wissen des Zaren und ihrer Eltern nach Wolfenbüttel zurück. Erst nachdem Peter der Große inzwischen im Frühling 1713 in Braunschweig und in Hannover einen Besuch abgestattet hatte, entschloß sich Charlotte zur Reise nach Rußland und traf endlich in Petersburg im Sommer 1713, also fast zwei Jahre nach ihrer Verheiratung, mit ihrem Gemahl wieder zusammen. G.

noch eine Erleichterung für die Arme, im Vergleich zu den näheren Berührungen mit diesem rohen, geistlosen und jedes Zartgefühls, jedes ritterlichen Sinnes für Ehre und Frauenwürde ermangelnden Menschen, der sich selbst persönliche Mißhandlungen gegen sie erlaubt haben soll.

Um die weiteren Schicksale dieser unglücklichen Prinzessin ist nun eben jenes romantische Gespinst verbreitet worden, dessen Wahrheit man teilweise wünschen möchte, dessen Ungrund aber sich leicht erkennen läßt. Hören wir die Geschichte, wie sie im vorigen Jahrhundert verbreitet ward und seitdem, mit kleinen Abweichungen, von Memoirenschreibern und Novellisten mehrfach benutzt worden ist.[14]

Sie heben natürlich von der unglücklichen Ehe der Prinzessin, der Roheit ihres Gemahls, seiner Abneigung gegen sie an. Sie versichern, ohne eine Quelle, ohne den Schatten eines Beweises anzugeben, daß er sie mehrmals habe vergiften wollen, daß aber ein Gegengift sie gerettet habe. Endlich habe er ihr, als sie im letzten Monat ihrer Schwangerschaft gewesen, einen so wütenden Fußstoß auf den Leib gegeben, daß sie ohnmächtig und im Blute schwimmend zu Boden gesunken sei. Der Zar sei damals auf Reisen gewesen. Sein Sohn, überzeugt, daß die unglückliche Prinzessin nicht wieder zu sich kommen könne, sei sofort auf sein Landgut gereist. Nun kommen sie auf die Entbindung der Prinzessin. Ohne daß sie es ausdrücklich sagen, scheint es doch, daß sie dieselbe unmittelbar nach jenem Vorgange, wahrscheinlich als dadurch veranlaßte vorzeitige Geburt, eintreten lassen, und jedenfalls lassen sie dieselbe vor der Rückkehr des Zaren und des Zarewitsch erfolgen. Die Gräfin Königsmark, Mutter des Marschalls von Sachsen, sei bei der Prinzessin gewesen,[15] als dieselbe von einem toten Kinde entbunden worden sei. Diese nun sei auf den Gedanken gekommen, die Prinzessin auf einmal den Leiden und Gefahren, die ihr von der Roheit ihres Gemahls drohten, durch das abenteuerliche Mittel eines Scheintodes zu entziehen. Sie habe die Frauen der Prinzessin

---

[14] Siehe Vorwort.

[15] Ist das wahr? Die Gräfin Aurora reiste zwar nur zu viel an Höfen umher. Wir haben aber nirgends sonst gefunden, daß sie zu jener Zeit in Rußland gewesen wäre.

gewonnen und darauf dem Prinzen geschrieben, seine Frau und sein Kind seien tot. Der Zarewitsch befahl, sie sofort und ohne Feierlichkeit zu beerdigen; man schickte Kuriere an den Zar und an alle Höfe, und Europa legte um einen Holzblock Trauer an, den man statt der Prinzessin begraben hatte.

Es wäre nun das Natürlichste gewesen, daß man sie in sichere Verborgenheit gebracht hätte, bis sie sich unter den Schutz des Zaren stellen konnte, der den Willen und die Mittel hatte, ihr solchen zu bieten. Aber nein, sie sollte ihrer ganzen Stellung, ihrem Namen, jeder ferneren Verbindung mit den Ihrigen, jeder Hoffnung des Wiedersehens ihrer Eltern und Geschwister entsagen; die Großfürstin sollte aus dem Reiche der Lebenden verschwunden bleiben und als eine ganz andere Person fortleben.

Man hatte die Prinzessin in ein entlegenes Zimmer gebracht, wo sie nach und nach wieder zu Gesundheit und Kräften kam. Die Gräfin verschaffte ihr Gold und einige Edelsteine,[16] und sie reiste in der Tracht einer Bürgersfrau, mit einem alten deutschen Bedienten, der für ihren Vater galt, nach Paris. Hier hielt sie sich nicht lange auf, nahm eine Kammerfrau an, eilte in eine Hafenstadt und schiffte sich nach Luisiana ein.

Ihr Äußeres erregte dort Aufmerksamkeit, und ein Offizier, Namens d'Aubant, der in Rußland gewesen war, glaubte in ihr die Großfürstin wiederzuerkennen, wie schwer es ihm auch fiel, sie hier und in diesen Verhältnissen zu suchen. Um seiner Sache gewisser zu werden, näherte er sich dem angeblichen Vater, war ihm gefällig und knüpfte allmählich eine immer innigere Vertrautheit an, die sich selbst zum Beziehen einer gemeinsamen Wohnung steigerte. Einige Zeit nachher fand man in den Zeitungen die Nachricht von dem Tode des Zarewitsch (7. Juli 1718). Jetzt erklärte d'Aubant der Prinzessin, daß er sie kenne und bereit sei, alles aufzugeben, um sie nach Rußland zurückzuführen. Doch die Witwe des Zarewitsch fühlte sich in ihrer sicheren Verborgenheit glücklicher, als sie je in der Nähe des Thrones gewesen, und weigerte sich, irgend einer Lockung des Ehrgeizes[17] die Ruhe ihres Privatlebens zu opfern. Sie

---

[16] Die Gräfin Aurora war bekanntlich fast immer in Geldnöten.

[17] Aber 1718 lebten noch zwei Kinder, die sie geboren hatte.

verlangte von d'Aubant bloß die unverbrüchlichste Verschwiegenheit, und daß sie auf dem bisherigen Fuße fortleben wollten. Er gelobte es und blieb seinem Worte getreu. Indes »der Weg von Freundschaft bis zur Liebe ist eine blumenreiche Bahn.« Auf ihn hatten die Schönheit, der Geist und die Tugenden der Prinzessin den lebhaftesten Eindruck gemacht, den die Gewohnheit des Beisammenlebens täglich nährte. Er selbst war noch jung und liebenswürdig, und sein rücksichtsvolles Benehmen gegen sie, dessen ersten Grund sie lange nicht gekannt, hatte sie längst für ihn eingenommen. Sie wurden sich täglich teurer, und als der alte Bediente, der für ihren Vater galt, gestorben war, und ihr Beisammenwohnen keine Berechtigung mehr hatte, willigte sie ein, d'Aubant ihre Hand zu reichen. Im ersten Jahre ihrer Ehe erhielt sie eine Tochter, die sie selbst stillte, selbst erzog und die sie französisch und deutsch lehrte.

So lebten sie zehn Jahre in jenem glücklichen Mittelstande, wo die gegenseitige Liebe zweier Gatten allen Glanz der Erde vergessen macht. Da erkrankte der Mann an einer Fistel, eine Operation ward nötig, und die zärtlich besorgte Gattin bestand darauf, daß sie zu Paris erfolge. Sie verkauften ihre Wohnung und schifften sich auf dem ersten abgehenden Schiffe ein. In Paris wurde d'Aubant dem geschicktesten Wundarzte anvertraut, und seine Gattin widmete ihm die zärtlichste Pflege, die nicht nachließ, bis seine Genesung vollendet war. Dann dachten sie an die Sicherung ihrer Zukunft, und d'Aubant bewarb sich mit Erfolg bei der indischen Compagnie um eine Anstellung auf der Insel Bourbon.

Während er noch mit diesen Angelegenheiten beschäftigt war, ging seine Gattin zuweilen mit ihrer Tochter, um Luft zu schöpfen, in die Gärten der Tuilerien. Eines Tages, als sie auf einer Bank saßen und, um von den in der Nähe Befindlichen nicht verstanden zu werden, miteinander deutsch sprachen, ging gerade der Marschall von Sachsen vorbei, hörte die vaterländischen Klänge und blieb stehen, um die Sprechenden zu betrachten. Die Mutter schlug die Augen gegen ihn auf, ließ sie aber sofort, als sie den Marschall erkannte, mit solcher Verlegenheit wieder sinken, daß er ausrief: »Wie, Madame, wäre es möglich?«[18] Sie ließ ihn nicht weiterreden,

---

[18] Der Marschall Moritz von Sachsen, der natürliche Sohn Augusts des Starken von der Gräfin Aurora Königsmark, war 1696 geboren, seit 1709 im Kriege. Kann

sondern erhob sich, zog ihn beiseite, gestand ihm, wer sie sei, bat ihn um die strengste Verschwiegenheit und ersuchte ihn, sie jetzt zu verlassen und sie zu Hause zu besuchen, um das Nähere zu vernehmen. Er erschien am folgenden Tage. Sie teilte ihm ihre Erlebnisse mit und wie sich die Gräfin, seine Mutter, dabei beteiligt. Zugleich beschwor sie ihn, bis zum Schlusse einer Unterhandlung, die sie angeknüpft habe, und die sich vor Ablauf von drei Monaten entscheiden müsse, dem Könige nichts zu entdecken. Er versprach es ihr und besuchte sie und ihren Gatten von Zeit zu Zeit im geheimen.

Als er sie eines Tages, kurz vor Ablauf des ihm gesteckten Termins, besuchen wollte, erfuhr er, daß sie vor zwei Tagen nach der Insel Bourbon abgegangen seien. Er begab sich sogleich zum König, diesem das Ganze zu entdecken. Der König ließ den Marineminister kommen und befahl ihm, ohne ihm den Grund zu sagen, dem Gouverneur der Insel die rücksichtsvollste Behandlung des Herrn d'Aubant zu empfehlen. Zugleich schrieb er an die Königin Maria Theresia von Ungarn, mit der er damals im Kriege war,[19] und unterrichtete sie von dem Schicksale ihrer Tante. Die Königin dankte ihm und schickte ihm einen Brief für die Prinzessin, worin sie dieselbe einlud, zu ihr zu kommen, jedoch unter der Bedingung, daß sie sich von Gatten und Kind trenne, für die der König sorgen werde. Die Prinzessin wies diese Bedingungen zurück und blieb bei ihrem Gatten bis 1747, wo er starb. Da die Tochter auch gestorben war, so kehrte sie nach Paris zurück, mit der Absicht, in ein Kloster zu gehen. Die Königin von Ungarn bot ihr aber an, sich zu Brüssel, mit einer Pension von 20 000 Gulden, niederzulassen. Um 1765 und

---

er auch die Prinzessin vor ihrer Verheiratung gesehen haben – in Rußland gewiß nicht – sollte er in der gereiften Frau, unter solchen Umständen, an diesem Orte, in dieser Kleidung die Fürstin wiedererkannt haben, die er als Knabe gesehen?

[19] Hier scheinen Anachronismen obzuwalten. 1718 starb Alexei, und die Nachricht davon mag zu Ende dieses Jahres oder Anfang 1719 nach Luisiana gekommen sein. Länger als drei bis vier Jahre haben die Liebenden schwerlich gewartet, bevor sie zur Ehe schritten. Dann sollen sie zehn Jahre in Luisiana gelebt haben und darauf nach Paris gereist sein. Dies würde etwa auf das Jahr 1733 hinführen, wo allerdings ein Krieg zwischen Frankreich und Österreich ausbrach, der aber nicht gegen die Königin von Ungarn, sondern gegen Kaiser Karl VI. geführt wurde. Der Krieg Maria Theresias begann erst 1740 und der mit Frankreich sogar erst im Herbst 1741.

noch 1768 soll sie wieder zu Vitry bei Paris gelebt haben. Sie habe damals den Namen Frau von Moldack geführt und drei Domestiken gehabt, worunter ein Neger. – In dieser Geschichte sind nun sehr wichtige Umstände, welche die Flucht der Großfürstin erklären und möglich machen sollten, notorisch falsch. Die Entbindung, in deren Folge die Prinzessin, wirklich oder scheinbar, gestorben, fand am 23. Oktober 1715 statt. Weder der Zar noch der Zarewitsch waren abwesend. Die Großfürstin wurde nicht von einem toten Kinde, sondern von dem nachherigen Kaiser Peter II. Alexiewitsch entbunden, welcher erst am 30. Januar 1730 starb, nachdem er am 17. Mai 1727 seiner Stiefgroßmutter, der Kaiserin Katharina I., auf dem Throne gefolgt und am 6. Mai 1728 gekrönt worden war, sich auch erst (5. Juni 1727) mit der Prinzessin Maria Alexandrowna Menczikoff,[20] dann (12. Dezember 1729) mit der Prinzessin Katharina Alexiewna Dolgorucki verlobt hatte. Sie heiratete 1743 den General Grafen Alexander Bruce. Die Großfürstin, die schon vorher eine Tochter, Natalie (geb. 23. Juli 1714, gest. 1728), geboren hatte, starb nicht sogleich nach der Entbindung, sondern neun Tage später, am 1. November 1715. Sie wurde nicht heimlich und ohne alle Feierlichkeiten, sondern mit großem Gepränge begraben (7. November), und an dem Leichenbegängnis nahmen der Zar und der Zarewitsch persönlich teil. Sie starb mit Bewußtsein und klarem Vorgefühl ihres Todes. Der Zar war an ihrem Sterbebette, und ihm legte sie das Schicksal ihrer Kinder ans Herz. Dann segnete sie ihre Dienstleute und sagte zu den Ärzten: »Quälet mich doch nicht so und laßt mich ruhig sterben, weil ich nicht länger leben will. Das Leben liegt schwer auf mir!« Auf die weiteren, zum Teil schon angedeuteten Unwahrscheinlichkeiten der folgenden Geschichte brauchen wir nun nicht zurückzukommen. Übrigens soll die Frau des d'Aubant, welcher letztere allerdings existiert zu haben scheint, Maria Elisabeth Danielson geheißen haben.[21]

Daß die harte Behandlung von seiten ihres Gemahls das Herz und die Gesundheit der unglücklichen Prinzessin gebrochen, ist

---

[20] Sie starb im Exil zu Beresow.

[21] Auf die Angabe legen wir nicht viel Wert, wenn man eben nur diesen Namen und nicht die sonstige Herkunft weiß. Es könnte der Name sein, den die Prinzessin, vielleicht nach dem Bedienten, der für ihren Vater galt, angenommen, und unter dem sie sich hatte trauen lassen.

wohl glaublich.[22] In der That richtete der Zar an demselben Tage, an dem er von dem Leichenbegängnisse der Großfürstin zurückkehrte, jenes Schreiben an seinen Sohn, worin er ihm seine Unfähigkeit, oder vielmehr sein eigensinniges Verschmähen aller derjenigen Mittel, die ihn nach dem Vater zur Herrschaft tüchtig machen sollten, in sehr eindringlicher, aber nicht erbitternder, nicht des Wohlwollens und väterlichen Gefühls ermangelnder Sprache weniger vorwarf, als auseinandersetzte. Hätte er von Anfang an und immer so ruhig und maßvoll sich zu dem Sohne gestellt und sich von Anfang an der Erziehung des Sohnes, dessen Wichtigkeit für das Reich er selbst so hoch anschlug, mit Sorgfalt angenommen, er möchte bessere Freude an ihm erlebt haben. Aber freilich sagt er selbst in jenem Briefe: »Ob ich gleich deshalb auf dich geschmäht, dich geschlagen und seit so vielen Jahren mit dir gar nichts davon geredet habe, so war dies doch alles umsonst, alles in den Wind, und du wolltest nichts thun, als zu Hause leben und dich ergötzen, unbekümmert, was daraus nicht bloß für dich, sondern auch für das ganze Reich entstehen könnte.« Schließlich hieß es dann: »Da ich denn dieses alles mit Wehmut erwäge und sehe, daß nichts dich zum Guten bringen kann, so gebe ich dir meinen letzten Entschluß schriftlich zu erkennen, noch einige Zeit zu warten, ob du dich nicht aufrichtig bessern wirst; sollte dies aber nicht geschehen, so sei hiermit versichert, daß ich dich als brandiges Glied von der Nachfolge trenne. Denke nicht, daß ich solches bloß zum Schrecken schreibe, oder daß ich ja keinen anderen Sohn habe.[23] Es soll wahrlich, so Gott will, erfüllt werden. Da ich mein Leben für Vaterland und Volk nicht geschont habe und noch nicht schone, wie sollte ich dich als Unwürdigen schonen? Lieber ein würdiger Fremder,[24] als ein unwürdiger Eigener.« Für unsern speciellen Zweck ist es übrigens bemerkenswert, daß der Zar in diesem ganzen Schreiben, welches ihm im allgemeinen zur Ehre gereicht, sehr ruhig und verständig gefaßt ist, nichts Barockes hat und ein tiefes Gefühl seiner Regentenpflichten atmet, weder des Todes der Großfürstin mit einem Worte gedenkt, noch auch sonst das Privatleben des Prinzen be-

[22] Man giebt auch der Unwissenheit der Hebammen schuld.

[23] Zwei Tage darauf, am 9. November, gebar ihm Katharina einen Sohn, der aber am 25. April 1719 wieder starb.

[24] Der »würdige Fremde« wurde die Kaiserin Katharina I.

rührt, sondern lediglich das Politische, sein Verhältnis zum Reiche, ins Auge faßt.

Das Antwortschreiben dagegen ging sogleich von der Beerdigung der Großfürstin aus. Es lautete:[25]

»Allergnädigster Herr und Vater! Das am heutigen Tage, dem 27. Oktober 1715,[26] nach Beerdigung meines Weibes, von dir, Herr, empfangene Schreiben habe ich durchgelesen und erwidere darauf: wofern ich nicht fähig sein sollte, die russische Krone zu tragen, so möge mir geschehen nach deinem Willen. Ich bitte dringend darum, indem ich mich selbst zu solchen Geschäften ungeschickt und untauglich fühle, auch mein Gedächtnis fast hin ist (ohne welches man nichts thun kann), und ich, an geistigen und körperlichen Kräften durch mancherlei Krankheiten geschwächt, untüchtig bin,[27] ein solches Volk zu beherrschen, das keinen so verfaulten Menschen verlangt, wie ich bin. Ich mache daher keine Ansprüche auf die russische Thronfolge – erhalte Gott Euch noch viele Jahre – werde auch künftig keine darauf machen, nehme Gott darüber zum Zeugen, auf Gefahr meiner Seele, und beglaubige dieses eigenhändig.«

Zwei Tage darauf antwortete ihm der Zar. Er vermißte in dem Schreiben des Sohnes die rechte Aufrichtigkeit, fürchtete jedenfalls, daß »die Bärtigen ihn umlenken,« und daß er nach des Vaters Ableben dessen Werke wieder vernichten werde. »Nun denn,« schrieb er, »so ändere dich und sei ein würdiger Nachfolger, oder geh' ins Kloster.« Darauf antwortete der Zarewitsch kurz, sich mit Krankheit entschuldigend, und bat um die Einwilligung des Zaren, den Mönchsstand erwählen zu dürfen. Daß Verstellung im Spiele, mußte der Zar argwöhnen, als er vor seiner Abreise ins Ausland den Sohn besuchte und denselben, angeblich krank, im Bette fand, dann aber erfuhr, daß er gleich darauf einer Gasterei beigewohnt habe. Er gab ihm sechs Monate Bedenkzeit. Dann verlangte er, von Kopenhagen aus, kategorisch Erklärung. Er sollte sich binnen acht Tagen entweder ins Lager oder ins Kloster begeben. Alexei schien das

---

[25] Beide Schreiben siehe in: Herrmann, »Geschichte des russischen Staats,« Bd. IV, S. 215 ff.

[26] Alten Stiles.

[27] Der Zar schrieb dagegen: »Eigensinn nenne ich deine Unfähigkeit, da es dir weder an Verstand, noch an Körperkraft gebricht.«

erstere zu wählen, war aber plötzlich mit seiner Konkubine Affraßja verschwunden und tauchte erst in Königsberg wieder auf. Von dort verlor sich seine Spur wieder. Er hatte nach Frankreich oder Italien gewollt; aber ein übler Ratgeber, Alexander Kikin, der ihn, nebst Nikiphon Wäsemski,[28] hauptsächlich bei seinen verkehrten Schritten geleitet und eben damals die Schwester des Zaren, Maria Alexejewna, nach Karlsbad und von da zurückgeleitet hatte, teilte ihm in Libau mit, daß er bei Kaiser Karl VI. eine Zuflucht finden könne. Er ging nun nach Wien, fand sich aber da natürlich nicht verborgen genug, begab sich daher erst nach der Tiroler Festung Ehrenberg, dann in das Kastell St. Elmo bei Neapel. Auch da spürten ihn Tolstoi[29] und Romanzow,[30] die der Zar nach ihm ausgeschickt hatte, aus und überbrachten ihm ein Schreiben des Zaren (vom 10. Juli 1717), worin ihm Verzeihung versprochen wurde, wenn er zurückkehren und sich gehorsam zeigen wolle. Folge er diesem Befehle nicht, so werde ihn der ewige Fluch des Vaters und die unausweichliche Strafe des Hochverrats treffen. In einem Schreiben vom 15. Oktober 1717 sprach Alexei seinen Dank für die versprochene Verzeihung aus und gelobte Rückkehr, langte auch, mit seinen beiden Beaufsichtigern, am 3. Februar 1718 in Moskau an.

Bereits hatte der Zar die Untersuchung eingeleitet und die Ausschließung seines Sohnes von der Thronfolge beschlossen. Schon am Morgen des 4. Februar versammelten sich die vornehmen Russen, weltliche wie geistliche, auch die Angesehensten aus dem Bürgerstande Moskaus im Konferenzsaale des Kreml, in welchem die preobrazenskische Garde unter Waffen stand, während die übrigen in Moskau liegenden Truppen sich in und um den Kreml zusammenzogen und alle Zugänge besetzt hielten. Der Zar trat nun mit seinem Gefolge in den Audienzsaal und setzte sich auf den Thron.

---

[28] Wäsemski war Alexeis ehemaliger Lehrer.

[29] Es war dies Peter Tolstoi, 1702-14 Gesandter in Konstantinopel, dann Senator und Reisebegleiter Peters des Großen, Präsident des Handelskollegiums, in den Grafenstand erhoben, unter Peter II. gestürzt und ins Kloster geschickt, wo er 1728 starb.

[30] Alexei Romanzow, Gardehauptmann, 1731 Gesandter in Konstantinopel, 1736 General en chef und Eroberer Oczakòws, 1739 Generalgouverneur der Ukraine und Gesandter in Konstantinopel bis 1742, schloß den Frieden von Abo, ward in den Grafenstand erhoben und starb 1749.

Dann erschien, von dem Grafen Tolstoi begleitet, der Zarewitsch, warf sich zu Füßen des Zars und überreichte ihm einen Brief, welchen der Zar vorlesen ließ, und der die Bitte um Gnade enthielt. Der Zar hielt ihm darauf eine lange Strafrede, deren Schluß dahin ging, daß solchen Schritten eines ungehorsamen Sohnes nichts Geringeres als die Todesstrafe gebühre. Hier warf sich der Zarewitsch abermals zu den Füßen des Vaters nieder und rief: »Ich flehe um keine andere Gnade, als um das Leben.« Der Zar sagte ihm dieses zu, erklärte aber, daß er ihm die Thronfolge für immer entziehe, womit sich Alexei, auf Befragen, natürlich einverstanden erklärte und sofort die ihm vorgelegte Entsagungsakte unterzeichnete. Hierauf begaben sich der Zar, der Zarewitsch und sämtliche Anwesende in feierlichem Zuge in die uspenskische Kirche, wo Alexei die Verzichtleistung eidlich bekräftigen mußte. Ebenso mußten die Geistlichen, die Großen des Reichs, die Bürger von Moskau eine den Zarewitsch ausschließende Urkunde unterzeichnen, welche Handlung drei Tage in Anspruch nahm.

War somit auch dem Zarewitsch Begnadigung zugesichert, so sollte dieselbe doch nicht seinen Anstiftern, Verleitern und Förderern zu teil werden. Am 4. Februar wurde Alexei verhört und sagte aus, was er wußte, vielleicht auch, was man wollte. Das scheint gewiß, daß die altrussische Partei sich mit Erfolg bemüht hatte, ihn ganz in ihre Hände zu bekommen, und daß ihm von dieser Seite her der Rat gekommen war, sich zu verstellen, in alles zu fügen, nötigenfalls auch ins Kloster zu gehen, aber seiner Zeit die Maske abzuwerfen. Der beste Rat, den sie ihm auch in ihrem eigenen Interesse geben konnten, wäre freilich gewesen, sich ernstlich um die Gunst seines Vaters zu bewerben; aber es scheint, daß er in der That außer stande war, einen solchen zu befolgen, wenn er ihm auch erteilt worden wäre. Die Flucht scheint sein eigener Gedanke gewesen zu sein, und nur eventuell hatte er sich mit Kikin über deren Richtung besprochen. Dieser hatte ihn in Libau ermahnt, in keinem Falle zu seinem Vater zurückzukehren, der ihm sonst öffentlich den Kopf abschlagen lassen würde. Aus Wien hatte er auf Verlangen eines Sekretärs des Grafen Schönborn,[31] Namens Keyl, zwei Briefe

---

[31] Wohl der Reichsvicekanzler und Bischof von Bamberg und Würzburg, Friedrich Karl. Von diesem glaubte man, daß er mit dem Zar in naher Verbindung stehe und dessen Interessen diene, wo denn jene Briefe als eine Falle für den

an die Senatoren und Erzbischöfe geschickt, worin er von seinem Leben Kunde gab und ihn nicht zu vergessen bat. Außerdem sagte er aus, daß ihn mehrere Personen auf den nicht zu fernen Tod des Zaren vertröstet, andere sich ungünstig über letzteren ausgelassen.

Infolge dieser Aussagen wurden sogleich in Moskau siebzig Personen in hartes Gefängnis gebracht und gingen Verhaftsbefehle in alle Teile des Reichs. Die von den Verhafteten erwirkten Aussagen zogen immer mehr Personen in die Sache. Auch die verstoßene Zarin Awdotja und die Schwester des Zaren, Maria, wurden in die Untersuchung verflochten. Unter den Papieren der ersteren fand man Nachrichten über einen Plan, den Zar vom Throne zu stoßen, sowie Beweise, daß sie im Kloster mit dem Major Stephan Glebow in den engsten Beziehungen gestanden. Sie wurde nach Moskau gebracht, und vor Beginn der Untersuchung gab der Zar ihr eigenhändig die Knute.[32] Beide fürstliche Frauen waren vornehmlich durch den Erzbischof Dosithei von Rostow instigiert worden, und sie hatten wieder auf den Zarewitsch gewirkt. Dosithei, Kikin, Wäsemski und Glebow wurden (25. März 1718) verurteilt und unter den furchtbarsten Martern zu Tode gequält. Die ausgesuchtesten Foltern konnten Glebow, dessen Verbindung mit der verstoßenen Zarin durch aufgefundene Briefe noch sicherer erwiesen war, wie durch das der letzteren vielleicht abgezwungene Geständnis, kein Wort entlocken, das gegen die Zarin gezeugt hätte. Er wurde zuletzt gepfählt, die drei andern gerädert. Sie waren alle schon durch die vorhergehenden Foltern dem Tode nahegebracht.

Die Untersuchung gegen die übrigen wurde in Petersburg fortgeführt, und hier traten auch neue Aussagen gegen den Zarewitsch hervor, besonders von seiten seines Haushofmeisters und seiner Maitresse, die erst jetzt aus dem Auslande zurückkam. Inzwischen trat doch nichts hervor, was auf einen Plan gegen den Zar selbst gewiesen hätte, und im Hauptwerke drehte sich alles um den in gelegentlichen Äußerungen hervorbrechenden Widerwillen Alexeis

---

Zarewitsch erscheinen würden. Nach dem Zeugnis von Alexeis Geliebten, der Finnin Affraßja, waren jene Schreiben jedoch aus des Zarewitschs eigener Initiative hervorgegangen. Sie wurden übrigens nicht befördert und liegen noch im Wiener Archiv. G.

[32] Dieselbe Ehre ließ er in dieser Sache noch einer alten Fürstin Golizyn, einem äußerst listigen und sinnlichen Weibe, zu teil werden.

gegen das System seines Vaters, sowie um die Pläne, die er sich für den Fall seiner dereinstigen Thronbesteigung gemacht hatte, und wobei freilich die hauptsächlichsten Werkzeuge des großen Zaren sehr übel wegkamen. Es schien gewiß, daß die auf den Zarewitsch hoffende Partei sich schon seit sieben Jahren mit diesen Plänen beschäftigt hatte. Scheremetjeff,[33] Menczikoff,[34] Schaffirow,[35] Jaguschinskij[36] sollten gespießt, alle Deutschen im ganzen Reiche niedergemetzelt werden. Petersburg wollte man den Schweden zurückgeben, das stehende Heer auflösen, die Soldaten wieder zu Bauern machen. Die Großfürstin Marie Alexejewna sollte Mitregentin werden.

Bei seinem Vater möchte Alexei Gnade gefunden haben, bei den durch ihn bedrohten Günstlingen desselben konnte er keine erwarten, und die Angst, die ihn nach diesen Enthüllungen unablässig quälte, kann nicht befremden. Am 6. Juni ward eine Versammlung von 20 hohen Geistlichen und 124 Staatsbeamten berufen, wobei die Geistlichen ein Gutachten über den Fall auf dem Grunde der Heiligen Schrift erstatten, die letzteren aber den Sohn ihres Kaisers richten sollten. Die Geistlichen stellten eine Reihe Schriftstellen zusammen, welche gut oder übel auf den Fall zu passen schienen, schlossen aber mit folgender Erklärung: »Als Geistliche nicht befugt, zu urteilen, besonders in einem Staate, wo unumschränkte Gewalt das Urteil des Unterthanen überwiegt, gehorchen wir dem Willen unseres Monarchen, indem wir die auf diesen furchtbaren Fall passen-

---

[33] Boris Petrowitsch, geboren 1652 aus altem und hohem Hause, als Gesandter und Feldherr ausgezeichnet, die Seele der Entscheidungsschlacht von Pultawa, 1701 Feldmarschall, 1705 Graf, gestorben zu Moskau 1719. Sein Leben hat G. F. Müller beschrieben; deutsch von Bacmeister, Petersburg 1789.

[34] Siehe den folgenden Aufsatz.

[35] Peter Schaffirow, ein jüdischer Ladendiener, zog Peters des Großen Aufmerksamkeit auf sich, der ihn in seine Dienste nahm, ließ sich taufen, wurde 1703 Geheimsekretär der Gesandtschaftskanzlei, 1710 Baron, 1711 Reichsvicekanzler und schloß 1713 den Frieden zu Konstantinopel mit dem Sultan ab. 1723 zum Tode verurteilt, begnadigt, aber verbannt, 1725 zurückberufen, erhielt er den Vorsitz im Kommerzkollegium und starb 11. März 1739. G.

[36] Graf Paul Iwanowicz Jaguschinskij war 1683 als Sohn eines Schulmeisters in Polen geboren, trat, als er achtzehn Jahre alt war, in russische Dienste, wurde 1711 Generaladjutant und Kammerherr, fand häufig in diplomatischen Sendungen Verwendung und starb als Kabinettsmeister am 6. April 1736. G.

den Stellen aus der Heiligen Schrift zusammenstellen. Will der Herrscher den Gefallenen nach seiner That und nach dem Maße seiner Schuld strafen, so stehen vor ihm die von uns aufgeführten Beispiele; will er aber Barmherzigkeit üben, so stehet vor ihm das Beispiel Christi, der den verlornen und reuigen Sohn wieder aufnimmt.« Die weltlichen Richter, auch auf der Uloshenie[37] und den Kriegsartikeln fußend, sprachen unbedingt das Todesurteil über den Zarewitsch aus, dem es am 7. Juli vor dem versammelten Senate, bei offenen Thüren, bekannt gemacht wurde.

Am nächsten Morgen berichtete man dem Zar in der Frühe, daß die heftige Gemütsbewegung und die Todesangst seinem Sohne einen starken Schlagfluß zugezogen hätten. Zu Mittag versicherte ein zweiter Bote, es stände gefährlich mit dem Zarewitsch, und nun ließ der Zar die Vornehmen seines Hofes zusammenberufen. Bald meldete ein dritter Bote: Alexei werde den Abend nicht erleben und verlange dringend, den Vater zu sprechen. Peter begab sich zu dem Unglücklichen, nahm den Fluch, den er über ihn ausgesprochen, zurück, erteilte ihm seinen Segen und nahm Abschied. von ihm. Um fünf Uhr nachmittags meldete der Gardemajor Uschakow, daß der Zarewitsch äußerst verlange, den Vater noch einmal zu sprechen, und Peter machte sich auf den Weg, als ein neuer Bote das eben erfolgte Ableben des Zarewitsch meldete.[38] Seine Leiche wurde zwei Tage lang in der Dreifaltigkeitskirche öffentlich ausgestellt und am 11. Juli mit allen Feierlichkeiten begraben.

---

[37] Ein 1649 unter dem Zaren Alexei Michailowitsch erlassenes Gesetzbuch. G.

[38] So die offizielle Erzählung. Der sächsische Legationsrat Le Fort läßt, in einem Berichte an seinen Hof, der sich im Dresdener Staatsarchiv befindet, aber erst dem Jahre 1724 angehört, den Zarewitsch an seinem Todestage dreimal die Knute erhalten, die ersten Streiche vom Zaren selbst. Unter der dritten Züchtigung sei er gestorben. Andere lassen ihn vergiften. Der Apotheker Bär habe das Gift bereitet und General Weide dasselbe überbracht. Noch andere lassen ihn durch General Weide enthauptet werden. Schon diese Verschiedenheiten der Relation beweisen, daß man nur eben vermutete, der Zarewitsch sei keines natürlichen Todes gestorben, wie man das bei jedem plötzlichen Tode einer hochgestellten Person vermutete, über das Wie aber eben nichts wußte. Für die mildere Erzählung hat man auch angeführt, daß Peter, wie er seinen Sohn öffentlich richten und verurteilen ließ, das Urteil auch öffentlich würde haben vollstrecken lassen, wenn er überhaupt dessen Vollstreckung beschlossen gehabt hätte.

Der Haushofmeister Iwan Assanaßjew, ferner Fedor Dubrowski, Abraham Lapuchin, der Bruder der verstoßenen Zarin, und Jakow Pustinoi wurden mit dem Beile enthauptet. Fürst Scherbatow wurde geknutet und verlor Nase und Zunge. Der Erzbischof von Kiew wurde nach St. Petersburg berufen, um sich wegen der ihm zur Last gelegten Teilnahme an dem Komplott zu verantworten, starb aber unterwegs, man glaubt all Gift. – Andere, minder kompromittiert und durch einflußreiche Verbindungen geschützt, kamen mit einer kurzen Verbannung davon.[39]

Als der Zar, nach völliger Beendigung des Prozesses, das erste Mal wieder in den Senat kam, sprach er: »Die Verbrechen eines undankbaren, der Verkehrtheit preisgegebenen Sohnes und seiner Teilnehmer sind bestraft,« setzte aber sofort ein neues Inquisitionstribunal ein, welches die Veruntreuungen der Beamten untersuchen sollte. Unter den Angeklagten und für schuldig Befundenen waren die angesehensten Richter Alexeis. Man verfuhr milder mit ihnen, als sie verfahren waren. Nur der Gouverneur von Sibirien, Fürst Matwei Petrowitsch Gagarin, büßte mit dem Tode am Galgen, während Menczikoff und Apraxin mit einer Geldstrafe davonkamen.

---

[39] Vgl. über diese ganze Sache Herrmann a. a. O. Er hat eine Handschrift der herzoglichen Bibliothek zu Gotha benutzt, unter dem Titel: » Relations touchant la degradation et l'emprisonnement du Tzarewitz,« für deren Verfasser der preußische Gesandte Baron Mardefeld gilt. Es war dies Gustav Freiherr von Mardefeld, geboren 1664, erst kasselscher Geheimer Rat, dann 1711 preußischer Gesandter in Petersburg, wo er bis 1724 blieb und dann seinen Neffen, Axel, zum Nachfolger erhielt. Der Oheim starb 1728, der Neffe, 1747 zurückgekehrt, 1748.

Fürst Alexej Menczikoff.

Neben dem großen Zaren Peter I. und seiner Gemahlin Katharina tritt in den Memoiren des Sieur de Villebois[40] hauptsächlich jener aus dunkeln Verhältnissen emporgehobene Günstling Peters, Alexej Menczikoff, hervor, und wenn wir ihn auch keineswegs zu den vorragendsten Männern unter den Baumeistern der russischen Macht rechnen wollen, zu den durch Wesen und Schicksale merkwürdigsten und zugleich für Zeit und Zustände bezeichnendsten Erscheinungen jener Jahre gehört er sicherlich.

Auch über seine Abkunft und erste Geschichte schwebt das Dunkel des Zweifels, selbst wenn wir von den reinen Romanen, die darüber geschmiedet worden, wie der Prinz Kouchimen, gänzlich absehen. Man setzt seine Geburt in das Jahr 1674. Ob sein Vater einer hohen litauischen Adelsfamilie, von der man doch sonst nichts weiß, angehört und Offizier der semenowskoischen Garde, oder ob er nur Korporal in der preobraczenskoischen Garde,[41] oder, wie jetzt gemeiniglich angenommen wird, ein Bauer und Pastetenbäcker gewesen, und der Sohn selbst Pastetchen auf den Straßen verkauft habe,[42] darüber gehen die Angaben meist nach der allgemeinen Färbung der Berichte auseinander. Die unterrichteten Herausgeber des Tagebuchs des Generals Patrick Gordon[43] versichern (II, 225),

---

[40] Villebois, ein französischer Edelmann, der es in russischen Diensten bis zum Geschwaderchef und Adjutanten Peters des Großen gebracht hatte, hat Memoiren hinterlassen, die erst 1853 von Hallez veröffentlicht wurden. Näheres s. Bülau, »Geheime Geschichten.« Fünftes Bändchen, S. 6. Universal-Bibliothek Nr. 3330. G.

[41] Alexander Gordon, »Geschichte Peters des Großen,« II, 286. (Leipzig 1765.)

[42] Diese Version spaltet sich, indem einige den Vater Menczikoffs Bauer sein, den Sohn aber zu einem Pastetenbäcker in die Lehre kommen lassen, während andere diese beiden Personen in eine zusammenziehen.

[43] Der Schotte Patrick Gordon, geboren 31. Mai 1635, trat 1661 in russische Dienste, in denen er 1683 zum Generalleutnant aufstieg, leistete Peter dem Großen Beistand bei dessen Erhebung zur Selbstherrschaft, leitete während der Abwesenheit des Zaren das Kriegswesen in höchster Instanz und starb 29. November (9. Dezember) 1699. Sein Tagebuch von 1655–99 (3 Bde., Moskau und Leipzig 1849–53) haben Fürst Obolenski und Dr. Posselt in trefflicher Weise herausgegeben. Alexander Gordon, der Verfasser des obengenannten Werkes

auf Grund ihnen zu Gebote stehenden historischen Materials, über das sie aber nichts Näheres beibringen, die Erzählung von dem Pastetenbäckerjungen und dergleichen gehöre in das Gebiet der Erfindungen. Menczikoffs Vater sei ein im Offiziersrang stehender Beamter am Marstall des Zaren gewesen. Gewiß scheint, daß er seine politische Laufbahn in der Hausdienerschaft des Zaren begann. Ob Peter ihn, wie die einen wollen, schon vorher auf den Straßen bemerkt und in seine Dienste genommen, oder ob er ihn, nach anderer Angaben, aus seiner Stalldienerschaft hervorgezogen hat, mag dahingestellt bleiben; aber übereinstimmend heißt es, daß seine raschen und entsprechenden Antworten auf an ihn gerichtete Fragen dem Zaren gefielen und ihn bestimmten, sich des Knaben weiter anzunehmen. Daß Le Fort[44] ihn dem Zaren zugeführt habe, ist ebenso unerwiesen, wie daß er dem Zaren durch Entdeckung einer Strelitzenverschwörung bekannt worden sei. Villebois läßt den Knaben Menczikoff als Pastetenverkäufer eine Art Lustigmacher der Strelitzen und Gardesoldaten sein und sich besonders im Schloßhofe aufhalten, wo sich auch der junge Zar, wenig älter als Menczikoff,[45] öfters an seinen Späßen ergötzt habe, denen er aus seinem Fenster zugehört. Eines Tages hätte ein Strelitze den Knaben etwas stärker, als gewöhnlich, an den Ohren gezupft und der Zar dem Soldaten sagen lassen: er möge den Jungen gehen lassen, dieser aber zu dem Zaren heraufkommen. Dieser Moment, falls er in solcher Weise stattgefunden, entschied über Menczikoffs Leben. Als er zum erstenmal diese Stufen hinaufstieg, die er so oft wieder betraten sollte, stieg er zu Macht und Reichtum und Glanz, zu allem Kampf und Genuß der Herrscher der Erde, zu den Bahnen des geräuschmachenden Wirkens und der großen, folgenschweren Verirrungen, auf den glatten Boden, wo er lange mit Sicherheit wandeln, zuletzt aber ausgleiten und stürzen und sein Leben in den fernen

---

über Peter den Großen, war der zweite Mann von Patrick Gordons ältesten Tochter. Er war ebenfalls russischer Generalmajor, kehrte aber 1711 nach Schottland zurück, wo er 1752 starb.

[44] Franz Le Fort, geboren 1653 als ein Sohn des Kaufmanns Jakob Le Fort in Genf, ließ sich 1675 für den russischen Dienst anwerben, wurde 1686 Oberst, 1690 Generalmajor, bald darauf Großadmiral und Generalleutnant, begleitete den Zaren auf seiner europäischen Reise und starb 1. März 1699 an einem Nervenübel. Sein Leben beschrieb Posselt, Frankfurt 1866.

[45] Peter I. war bekanntlich am 30. Mai (10. Juni) 1672 geboren.

Wüsten Sibiriens beschließen sollte – im Innern, wenn gewisse Nachrichten wahr sind, glücklicher und besser, als da er noch von Glanz und Macht umringt war.

Er erschien, so erzählt Villebois, vor dem Zaren, ohne im mindesten verlegen zu werden, und zeigte sich in seinen raschen Antworten als so geistreicher Bouffon, daß der Zar ihn unter seine Pagen aufnahm und ihn sofort seinem neuen Stande gemäß einkleiden ließ. Er fuhr fort, dem Zaren zu gefallen, und dieser nahm ihn in seinen persönlichen Dienst und überließ sich der größten Vertrautheit mit ihm.[46] Menczikoff begleitete den Zaren allerwärts hin, selbst in den Staatsrat, wo er zuweilen seine Meinung in drolliger, den Zaren ergötzender Weise auszusprechen wagte, auch wohl von den Ministern benutzt ward, ihre eigenen Wünsche dem Zaren in unverfänglicher Weise zu Ohren zu bringen. Sehr wahrscheinlich ist es, daß er, wie anderwärts berichtet wird,[47] auch zu der Poteschnijgarde, jenem ersten Grundstamm regulärer Soldaten gehörte, welchen der junge Peter aus seinen Spielkameraden und andern jungen Leuten bildete, und mit dem er später die Strelitzenmacht brach. Menczikoff war nicht ohne natürlichen Verstand und gesundes Urteil, wenn nicht seine Begierden in den Weg traten; er war überaus gewandt und unerschöpflich an Listen und Ausflüchten; ein sicherer Instinkt ließ ihn oft das Richtige erkennen; er besaß, wie Villebois sagt, das Genie des Herrschens,[48] interessierte sich aber freilich auch nur für das, was ihn zur Herrschaft hob, darin behauptete und die Herrschaft ihm nutzbar machte. Während von manchen Seiten versichert wird, er habe seine russische, deutsche und holländische Korrespondenz eigenhändig geführt, behauptet Villebois, er habe weder lesen, noch schreiben gekonnt und nur gelernt, seinen Namen schlecht genug hinzumalen. Diese Unwissenheit suchte er, erzählt Villebois, möglichst zu verbergen, und stellte sich oft, als lese er in Papieren, benutzte sie aber, bei andern Gelegenheiten auch, die begangenen Fehltritte zu beschönigen. Dagegen ver-

---

[46] Auch Villebois (S. 99) erwähnt den Verdacht, daß diesem Verhältnis eine unter den Russen nicht ungewöhnliche Unsittlichkeit nicht fremd gewesen sei.

[47] v. Mannstein, »Beitrag zur Geschichte Rußlands von 1727 bis 1744 (Hamburg und Bremen, 1771), S. 17 und Posselt, »Le Fort,« Bd. I, S. 406 ff.

[48] Wohl zu merken, nicht des Regierens.

säumte er nicht, in den neuen Umgebungen und Verhältnissen, in die er getreten war, sorgsames Aufmerken und scharfe Beobachtungsgabe anzuwenden, um sich in der Sphäre heimisch zu machen, in der er fernerhin wirken sollte. In einer spätern Periode, wo in der That, unter Katharina I. und in der ersten Zeit der Regierung Peters II., das Regiment auf seinen Schultern lag, ist wenigstens seine rastlose, unermüdliche Thätigkeit und Arbeitskraft, im Gegensatze zu der herrschenden Indolenz und dem gedankenlosen Sybaritismus der meisten andern russischen Großen, selbst von solchen anerkannt worden, die ihm keineswegs hold waren.[49] In jener ersten Zeit seiner Vertrautheit mit Peter I. beschäftigte er sich aber mit nichts, als wie er sich dessen Gunst erwerben und in ihr behaupten könne. Dazu soll er, neben seiner Bereitheit, den Handlanger der zarischen Begierden zu machen, hauptsächlich die Schaustellung einer, wahren oder erheuchelten, Abneigung gegen die altrussischen Formen und Gebräuche und der Vorliebe für das ausländische Wesen, das man freilich nur äußerlich nahm, benutzt haben. Übrigens blieb er noch ziemlich im Hintergrunde, so lange Le Fort und Patrick Gordon lebten, die, mit de Cruys, Alexei Semenowicz Schein, Scheremetjeff und anderen und den späteren Münnich und Ostermann, die wahren Gründer der äußern Größe Rußlands waren, hat auch nie das unbedingte Übergewicht über den Geist des Zaren erlangt, das Le Fort besaß, noch das achtungsvolle Vertrauen bei ihm genossen, das den Genannten zu teil ward.

Er begleitete Peter auf seiner ersten Reise in das europäische Ausland (1697–98) und mußte mit ihm in Holland am Schiffsbau arbeiten, tritt aber unter den damaligen zahlreichen Begleitern des Zaren nicht besonders hervor. Doch gehörte er zu der kleinen Auswahl, welche Peter begleitete, als er, auf die Nachricht von den Strelitzunruhen, aus Wien nach Moskau zurückeilte.

1699 starben Le Fort, Gordon und Schein, und von da an erscheint in der nähern Umgebung Peters des Großen, neben Gholowin, Apraxin, Buturlin und anderen, besonders Menczikoff mit Bedeutung. Man hat keinen Grund, einen besondern Anlaß zu dem auch äußerlichen Hervortreten der zarischen Gunst zu suchen; Menczikoff besaß die Künste, die er zu ihrer Erwerbung brauchte

---

[49] Hermann, »Geschichte des russischen Staats,« Bd. IV, S. 406.

und, täglich in der Nähe des Zaren, versäumte er nicht, sie in Anwendung zu bringen. Doch hat man nach besondern Gründen gesucht. Rein erdichtet ist die romanhafte Anekdote, wonach ein Fürst Amilka, Amalkin oder Damilko, Gouverneur von Astrachan, der an der Spitze einer Verschwörung gegen Peter gestanden, Menczikoff, als Preis seiner Teilnahme an derselben, die Hand seiner von Menczikoff geliebten Tochter versprochen, Menczikoff aber gleichwohl die Verschwörung dem Zaren entdeckt hätte, worauf Amilka und neunzig Verschworene hingerichtet und die Prinzessin in ein Kloster gebracht worden wäre, aus dem sie Peter später wieder hervorgezogen und mit Menczikoff vermählt hätte.[50]

Wie dem auch sei, Menczikoff wurde nach Le Forts Tode mit der Oberleitung der Erziehung des Zarewitsch beauftragt, der auch hierbei alle Ursache hatte, den Verlust Le Forts zu beklagen. Hätte Menczikoff auch den Beruf zum Fürstenerzieher und den Willen gehabt, der Aufgabe zu genügen, welches beides sehr bezweifelt werden muß, schon die Notwendigkeit, den Zaren auf seinen beständigen Reisen zu begleiten, würde es ihm unmöglich gemacht haben, aus jener Stellung mehr als ein einträgliches Ehrenamt zu machen. An dem nordischen Kriege nahm Menczikoff unausgesetzten Anteil. Er war mit vor Narwa, folgte aber auch dem Zaren, als dieser sich bei der Annäherung der Schweden von dem Heere entfernte 18. (28.) November 1700. Bei der Zusammenkunft Peters und Augusts II. von Polen in Schloß Birsen (Februar 1701) wird Menczikoff nicht mit erwähnt. Für den Sieg bei Errastfer (30. Dezember 1701) überbrachte er dem Scheremetjeff,[51] der damals zum Generalfeldmarschall ernannt wurde, den Andreasorden und wird dabei als Leutnant der Bombardiercompagnie bezeichnet, was sich aber

---

[50] Lebensbeschreibung der Durchl. Katharina Alexiewna (Frankfurt a. M., 1728), S. 343 ff. Historische Nachricht von Alexander Danielowiz, Fürst von Menczikoff (1718) S. 6 ff. Menczikoffs wahre Gemahlin war eine Arsenief und ebenso schön, wie ihre Schwester Barbara häßlich. In betreff der letzteren erzählt Villebois, S. 111, in drolliger Weise, daß Peter sie einst nach Tische aus Mitleid, damit sie nicht ungenossen sterbe, mitgenommen und sich nachher der Sache als einer guten That berühmt habe, welche vielleicht Nachfolge finde. Die häßliche Schwester scheint übrigens Geist und Bosheit besessen und für Menczikoffs bösen Genius gegolten zu haben.

[51] Siehe S. 21.

auf die Bombardiercompagnie des preobraczenskoischen Garderegiments bezog, deren Kapitän der Zar selbst war, und bei welcher Menczikoff als Leutnant fungierte. In dieser Eigenschaft nahm er, mit dem Zaren, an der Erstürmung von Nöteburg (Schlüsselburg) 11. Oktober 1702 teil und wurde zum Gouverneur dieses Platzes ernannt. Im Mai des folgenden Jahres verdiente er sich durch Teilnahme an dem ersten, wenn auch unbedeutenden Seesieg der russischen Flotte, welche damals zwei schwedische Schiffe wegnahm, den Andreasorden,[52] welchen der Admiral Graf Gholowin[53] dem Bombardierkapitän Zar Peter und dem Bombardierleutnant Menczikoff zusprach 10. (21.) Mai. Ihm, nebst Naryschkin, Trubetzkoi, Gholofkin und Sfotof, übertrug der Zar die Vollendung der Citadelle von St. Petersburg, zu welcher Stadt Peter am 16. (27.) Mai den Grund gelegt hatte, und er wurde zum ersten Gouverneur derselben ernannt. Dann wurde ihm die Begründung der Befestigungswerke zum Schutze der neuen Hauptstadt übertragen, aus welchen Kronstadt[54] erwachsen ist. Nach der Eroberung von Narwa am 9. (20.) August 1704 wurde er Kommandant dieses Platzes und Gouverneur von Ingermanland. 1706 wurde er mit 10 000 Mann nach Polen geschickt und erfocht noch den für Polen vergeblichen Sieg bei Kalisch am 18. (29.) Oktober, der die Altranstädter Verhandlungen[55] nicht rückgängig machen konnte. Er war bei den

---

[52] Dieser ward am Tage vor Le Forts Begräbnis von Peter dem Großen gestiftet, am 10. (20.) März 1699, und der erste Ritter desselben ward Gholowin. Den zweiten Andreasorden erhielt (8. Februar 1700) Maseppa, den dritten der preußische Gesandte von Printzen. Dann bekam ihn Scheremetjeff, dann erst der Zar und Menczikoff, dann der Generalmajor Tschambers wegen der Eroberung von Narwa.

[53] Fedor Alexjewicz Gholowin hatte 1686-89 die Unterhandlung mit China über die Grenzberichtigung geführt, von der er erst im Januar 1691 nach Moskau zurückkehrte, ward dann Bojar, Woiwode von Sibirien und Generalkriegskommissarius, war 1696 bei der Eroberung von Afow, begleitete den Zar 1697 nach Holland, ward 1699 Generaladmiral, 1700 Generalfeldmarschall, 1702 Reichsgraf, war auch als Diplomat thätig und starb 2. August 1706.

[54] Dieses selbst entstand erst 1710 und erhielt erst 1721 diesen Namen, während der Platz bis dahin nach der alten Feste Kronslot benannt wurde.

[55] Trotzdem August der Starke schon am 4. (15.) September 1706 zu Altranstädt mit Karl XII. Frieden geschlossen hatte, worin er auf die polnische Krone Verzicht leistete, beging er doch die Illoyalität, seine Truppen noch am 18. (29.)

Lemberger Verhandlungen,[56] wo jedoch sein Hochmut die Polen abstieß und noch mehrere von ihnen abgestoßen haben würde, wenn nicht sein Geld sie versöhnt hätte. Dann befehligte er die russische Reiterei bei Warschau und führte sie, als die Schweden über die Oder gegangen waren, nach Litauen. Er wohnte (Oktober 1707) dem großen Kriegsrat in Mewecz bei, wo der Feldzugsplan zum Empfange der Schweden festgestellt ward. In Grodno wurde er mit dem Zaren durch des Generals Mühlenfeldt Schuld, der sich überrumpeln ließ, von den Schweden überrascht, und sie mußten sich noch in der Nacht des 26. Januar (6. Februar) 1708 davonmachen. Dagegen siegte er am 28. September bei Ljesnaga durch Golyzins Tapferkeit, erstürmte am 2. November Baturin, die Kosakenhauptstadt, war mit bei Pultawa, und ihm fiel es zu, die Reste der Schweden, die, unter Löwenhaupt zurückgeblieben, am 30. Juni (11. Juli) 1709 kapitulieren mußten, zu übernehmen. 1710 war er bei der Belagerung und Einnahme von Riga wirksam und befehligte dann längere Zeit in Polen, wo er sowohl den Polen, als ihm mißliebigen Unterbefehlshabern zu vielen Beschwerden Anlaß gab. Bei der Niederlage am Pruth (9. [20.] Juli 1711) war er nicht mit, sondern hatte inzwischen die oberste Leitung der Petersburger Angelegenheiten und das Kommando in Livland und Carelien zu führen gehabt. Was würde er gethan haben, wenn der Zar, der vom Pruth aus dem Senate geschrieben hatte: »Sollte ich umkommen und ihr bekämet sichere Nachricht voll meinem Tode, so wählet unter euch selbst den Würdigsten zu meinem Nachfolger,«[57] wirklich am Pruth den Untergang gefunden hätte, der damals fast unvermeidlich schien, und der zugleich fast alle bedeutenden Männer des Reichs mit betroffen haben würde?

Er hatte damals keinen in seiner Nähe, der ihm so leicht die Gewalt hätte bestreiten können, und stand in ganz anderm Glanze da, als wie er noch allgemein als Alexaschka (Alexanderchen) bezeich-

---

Oktober bei Kalisch an der Seite der Russen kämpfen zu lassen, wodurch freilich an den Friedensbedingungen nichts geändert wurde. G.

[56] Auf Peters des Großen Antrieb berief der Primas von Polen, Szembeck, zu Anfang Januar 1707 eine Senatsversammlung nach Lemberg, wo über die Fortdauer des Bündnisses zwischen Rußland und Polen gegen Schweden verhandelt wurde. G.

[57] Über dieses Schreiben s. S. 8. G.

net wurde,[58] mit den unbekannt gebliebenen Jermolaj Danielowicz, Gawrilo Menczikoff[59] und Iwan Petischoff zur Weihnacht gratulieren ging und von Gordon (1694) mit seinen Kollegen einen Reichsthaler Trinkgeld empfing.[60] Er war 1702 deutscher Reichsgraf, 1705 deutscher Reichsfürst,[61] 1707 russischer Fürst (Knäs), 1709 Generalfeldmarschall geworden. Auch war er Konteradmiral und führte den Titel eines Herzogs von Ingermanland. Von Dänemark, Preußen und Polen erhielt er hohe Orden und bezog er reiche Geschenke und Pensionen. Die diplomatische Welt betrachtete ihn allerwärts als den, durch den man auf den Zaren zu wirken habe. Der Freigebigkeit seines Gebieters verdankte er ungeheuere Besitzungen und Reichtümer und hatte sie noch durch Bestechlichkeit und Erpressungen in ungemessener Weise erweitert. Denn die Habsucht war die schnöde Leidenschaft, die in seinem Charakter dem Ehrgeiz den Rang streitig machte und jedenfalls den feinern Sinn für wahre Ehre gänzlich ertötete. Mit seinem Hochmut mochte man sich eher versöhnen, da er ihn nur gegen ihm Gleichstehende, nicht gegen Geringere geltend machte, denen er sich vielmehr freundlich und herablassend gezeigt haben soll. War er nicht ohne Rachsucht, so war er doch auch dankbar für geleistete Dienste. Ein Zug wird von ihm berichtet, der, wenn er nicht auf einer besonders feinen Berechnung beruht hat, ihm allerdings Ehre machen würde. Es hätten sich einst, so heißt es, bei den unter seinem Befehle stehenden Truppen große Unordnungen eingeschlichen; ein deutscher Offizier habe dies dem Zaren angezeigt und Peter den Menczikoff hart darüber zur Rede

---

[58] So noch 1698, nach Korb, in seinem Diarium itineris in Moscoviam, der ihn als » quidam Alexander« aufführt, aber schon als den Favoriten des Zaren darstellt.

[59] Der einzige Verwandte Menczikoffs, von dem sich in jener Zeit eine Spur findet. Er kommt auch einmal als Bootsmann, sonst aber nicht vor. Siehe Tagebuch des Generals Patrick Gordon, II, 727.

[60] Die Sitte des Weihnachtsgratulierens bestand nur in Großrußland. Namentlich gingen die Geistlichen, die Unterbeamten bei ihren Vorgesetzten und die Sängerchöre der Großen umher. Der Zar selbst ging wohl, aus Scherz, mit seinem Sängerchore, oder mit den Geistlichen. Siehe Tagebuch des Generals Patrick Gordon, II, 710 ff.

[61] Das soll ihm übrigens vieles Geld gekostet haben, das er in Wien verteilt habe. Villebois hebt (S. 101) mit einem gewissen patriotischen Stolze hervor, daß er den Heiligen-Geist-Orden vergebens ambiert habe. Man hatte eine gute Ablehnungsursache in den Konfessionsverhältnissen.

gestellt. Hierauf habe sich Menczikoff alle Mühe gegeben, seinen Ankläger zu entdecken, und dann zu ihm gesagt: »Sie müssen wohl ein rechtschaffener Mann sein, da Sie sich lieber meiner ganzen Feindschaft und Rache aussetzen, als dem Kaiser eine Sache verschweigen, die ihn so nahe berührt. Seien Sie mein Freund! Stehen Sie mir mit Ihrer Erfahrung und Einsicht bei, die Unordnungen abzustellen, und empfangen Sie hiermit ein Geschenk von 2000 Dukaten als ein Zeichen meiner Hochachtung.«[62] Menczikoff handelte nicht immer so. Sein Hauptfehler war aber doch die Habsucht, und diese hat ihm auch am meisten geschadet und zuletzt, nächst seinem glückstrunkenen Stolz und Übermut, den Untergang bereitet. Zunächst aber schaffte sie ihm allerdings unermeßliche Reichtümer. Ungeachtet verschiedener starker Aderlässe, die Peter der Große dem Vermögen seines allzu dreisten Günstlings beibrachte, soll er doch unter der Regierung Katharinens I. eine Gütermasse mit gegen 100 000[63] Leibeigenen und daneben drei Millionen Rubel an Pretiosen und barem Gelde und neun Millionen in fremden Banken besessen haben. Es ging eine gemeine Sage, daß Menczikoff von Riga bis Derbent reisen und jede Nacht auf einem ihm gehörigen Gute schlafen könne. Dazu hatte er von Preußen das Amt Rigen, von Österreich das Schloß Kosel mit dessen Pertinentien verliehen erhalten.

1712 trat in Petersburg, das seit dem April desselben Jahres förmlich zum Sitz der Regierung erhoben worden war, der Großadmiral Apraxin an Menczikoffs Stelle, indem dieser zum Befehlshaber der Truppen bestimmt ward, die den schwedischen Krieg in dem nördlichen Deutschland fortführen sollten. Im Mai rückte Menczikoff in Pommern ein, wo im Sommer auch der Zar eintraf und nun gegen

---

[62] Schmidt-Phiseldek I, 255, aus den »Mannigfaltigkeiten« (Halle 1783-84). Wenn dabei im Eingange gesagt wird, der Vorfall habe sich zugetragen, als der Fürst die russische Armee gegen die Türken kommandiert habe, so muß da freilich ein Irrtum obwalten.

[63] Villebois (S. 101) sagt sogar: 150 000. Aktenmäßig scheint zu erhellen, daß er 1722 82 000 männliche Leibeigene – und nur diese wurden in Rußland gezählt – rechtmäßig und 32 000 unrechtmäßig besaß. Die letztern gehörten andern Edelleuten, die sie nicht von dem mächtigen Menczikoff zu reklamieren wagten. Vgl. Bergmann, »Peter der Große« (Riga, 1823–30), V, 276. Es scheint übrigens der Umstand, daß Menczikoff 32 000 entlaufene Bauern besaß, dafür zu sprechen, daß er seine Leibeigenen vergleichungsweise mild behandelte.

40 000 Russen, mit den Sachsen vereint, die Belagerung von Stralsund und Stettin vorbereiteten, bald aber die Schweden des Generals Steenbock verfolgen mußten, die am 20. Dezember bei Gadebusch über die Dänen gesiegt hatten, von den Russen und Sachsen bedrängt, in Tönningen der geheimen Sympathie der herzoglich holsteinischen Regierung mit Schweden eine vertragsmäßige Zuflucht verdankten, am 16. Mai 1713 aber kapitulieren mußten. Peter hatte die Armee schon am 11. März verlassen, um in sein Reich zurückzukehren, und Menczikoff und der sächsische Feldmarschall Flemming räumten jetzt Schleswig und Holstein und zogen, unterwegs noch Hamburg und Lübeck brandschatzend, nach Pommern, wo im Juli Rügen und bis zum 30. September Stettin erobert, das letztere aber, nach der Übereinkunft vom 6. Oktober, Preußen in Sequester gegeben ward.

Menczikoff ging nun nach Petersburg zurück, wo ihn zunächst Verdrießlichkeiten erwarteten. Es war überhaupt eine Zeit gekommen, wo die Gunst des Zaren bedeutend erkaltet war, und Menczikoff nicht mehr durch eine fortdauernde Zufriedenheit des Zaren mit ihm, sondern durch eine Peter zur Ehre gereichende Erinnerung an ihr früheres Verhältnis und die von Menczikoff geleisteten Dienste, durch die Überzeugung von seiner die Fehler überwiegenden Brauchbarkeit und durch die Fürsprache Katharinens gehalten ward. Die Würden und Ämter und Kommandos, welche auf ihn gehäuft worden, hatten ihn zu oft und zu andauernd von der Person des Kaisers entfernt, und inzwischen hatten andere, die an seiner Stelle die tägliche vertrauteste Gesellschaft des Zaren bildeten, wenn auch, bei geringerem persönlichen Talent und Takt, nicht den ganzen Einfluß Menczikoffs, doch das Ohr des Zaren gewonnen und ihn an sich gewöhnt; Jaguschinskij vor allen. Jetzt war der Kaiser mit der Überlassung Stettins an Preußen unzufrieden, wie ihm denn Menczikoff überhaupt seine Pläne, in Norddeutschland Fuß zu fassen, nicht nach Wunsche betrieben hatte und der Verdacht nahe lag, daß er durch preußische und österreichische Einflüsse und Bestechungen gewonnen worden sei. Hauptsächlich, es waren dem Zaren die großen Mißbräuche, Übelstände und Bedrückungen bekannt geworden, die durch das untreue und habsüchtige Gebaren seiner hohen Beamten hervorgerufen wurden, und an denen Menczikoff einen vorragenden Anteil hatte.

Zu Anfang des Jahres 1715 setzte der Kaiser eine Kommission unter dem Vorsitze des Generals Wassilj Wladimirowicz Dolgoruckij[64] nieder, welche diese Mißbräuche untersuchen sollte und eine ungeheure Anzahl von Beamten aller Rangklassen vor ihr Forum zog. Aus den höchsten Reihen wurden der Großadmiral Apraxin, Menczikoff, der Vicegouverneur von Petersburg Korsakoff, der Oberadmiralitätsherr Kikin, der Admiralitätskommissär Sinawin, der Generalfeldzeugmeister Bruce und die Senatoren Fürst Wolchonski und Apuchtin schuldig befunden. Apraxin, Menczikoff und Bruce[65] waren dem Zaren zu wert, oder zu unentbehrlich, als daß er nicht ihre Entschuldigung: häufige dienstliche Abwesenheit habe es ihnen unmöglich gemacht, ihre betrügerischen Unterbeamten gehörig zu überwachen, hätte gelten und sie mit Geldstrafen davonkommen lassen sollen. Mit der milden Behandlung jener drei kontrastierte allerdings die Bestrafung anderer, auch Hochgestellter, stark. Korsakoff, Wolchonski und Apuchtin erhielten die Knute, wozu den beiden letztern noch ein glühendes Eisen über die Zunge gezogen ward. Die Geringern wurden gleichfalls gepeitscht und nach Sibirien verwiesen. Alle verloren ihre Güter.

Dieser Vorgang hielt übrigens Peter nicht ab, bei seiner Reise nach Holland und Frankreich sein Reich wesentlich in Menczikoffs Händen zu lassen. Er hätte Ursache gehabt, ihm bei der Rückkehr zu zürnen, daß er die Flucht des Zarewitschs nicht entdeckt und verhindert hatte. Indes er brauchte ihn gerade mit zu den gegen den

---

[64] Geboren 1667, früh in Kriegsdiensten, 1715 Generalmajor, dann Generalleutnant, zu Missionen in Holland, Frankreich, Polen, Deutschland gebraucht, 1718 nach Kasan verwiesen, 1726 General en chef gegen Persien, 1728 Feldmarschall, durchkreuzte nach Peters II. Tode die auf den Thron gerichteten Pläne seiner Familie; war aber für die Beschränkung der Souveränität, kam deshalb 1731 in Haft nach Schlüsselburg, 1741 rehabilitiert, starb 11. Februar 1746.

[65] Jakob Daniel Bruce, geboren 1670 in Moskau, aus einer in Rußland eingebürgerten schottischen Familie, ward 1687 Fähnrich, nach der Eroberung Asows Oberst, 1705 Artilleriechef, 1706 Generalleutnant, 1709 Feldzeugmeister, Senator und Präsident des Berg- und Manufakturkollegiums, nach dem schwedischen Kriege und dem Frieden von Nystadt Graf; 6. Juli 1726 als Feldmarschall in Ruhestand; gestorben 19. April 1735. Er schrieb ein Lehrbuch der Geometrie und einen hundertjährigen Kalender in russischer Sprache, übersetzte aus dem Deutschen und Englischen in das Russische, arbeitete an einer Geographie von Rußland und vermachte seine Sammlungen der Akademie.

letztern beabsichtigten Maßregeln. Ob man Menczikoff zu den Schürern und Anstiftern des harten Verfahrens zählen soll, welches Peter gegen seinen Sohn einschlug, das wird von der Ansicht abhängen, die man über den Anteil Katharinens an diesen Vorgängen hat. Beweise für die vielverbreitete Ansicht, die man übrigens bis dahin raffiniert hat, daß Menczikoff den Prinzen absichtlich habe entfliehen lassen, um ihn desto sicherer zu verderben, existieren nicht. Wir unseres Teiles halten für gewiß und aus dem ganzen Verfahren Peters erhellend, daß er schon lange her nicht geneigt war, seinem Sohne die Nachfolge zu lassen, und seit den Versuchen, die er bei dem Tode der Gemahlin des Zarewitschs machte, den Unglücklichen auf bessere Wege zu bringen, ernstlich gesonnen war, ihn vom Throne auszuschließen. Daß Menczikoff in den Entscheidungstagen nicht zur Milde geraten hat, ist um so glaublicher, als aus der Untersuchung hervorging, wie er selbst ein Hauptgegenstand des Hasses und der Rachsucht der Partei gewesen war, als deren Werkzeug Alexei diente, und Menczikoff nicht der Mann war, sich durch so etwas zur Milde bestimmen zu lassen. Sollte doch der Zarewitsch, wie sein Haushofmeister Affanassieff aussagte, im Zorne geschworen haben, den Fürsten Menczikoff und dessen Schwägerin Barbara dermaleinst spießen lassen zu wollen. Immer aber hätte sich Menczikoff, als er über Alexei zu Gericht saß, fragen mögen, ob er in seiner Stellung als Oberleiter der Erziehung des Prinzen nicht durch Thun oder Lassen dazu beigetragen habe, daß der Prinz in Verstocktheit und verkehrtes Wesen verfiel, und ob er somit ganz ohne allen Teil an der Schuld dieses Opfers der dortigen Zustände war. Menczikoff schloß sich unbedingt dem von 124 Großwürdenträgern einstimmig über den Zarewitsch ausgesprochenen Todesurteile an.

Fast unmittelbar darauf sollte wieder er selbst vor Gericht abstellt werden, nachdem er eben erst, nebst Apraxin, den Zaren auf einer diplomatischen Seefahrt nach den Alandsinseln (Juli bis September 1718) begleitet hatte. Am 26. September 1718 erschien Peter der Große im Senat, um eine neue Kommission zur Untersuchung der überhandnehmenden Veruntreuungen einzusetzen. Dieselbe bestand, unter dem Vorsitz des Generals Weide,[66] aus den General-leutnants Buturlin und Schlippenbach und den Generalmajors Golizyn und Jaguschinskij. Auch diesmal waren Menczikoff und Apraxin impliziert,[67] und vorläufig wurde Menczikoff, wegen übler Verwaltung des ihm anvertrauten Schatzes, des Degens verlustig erklärt und sollte fernerer Strafe gewärtig sein, während Apraxin alle seine Würden und Güter verlieren und einstweilen engem Hausarrest unterliegen sollte (Januar 1719). Aber auch diesmal wog Peter bei diesen alten Dienern das eine mit dem andern ab und begnügte sich, Menczikoff eine Geldstrafe von 500 000, Apraxin eine solche von 300 000 Rubeln aufzulegen, worauf sie an der Tafel des Zaren ihm auf Vergessenheit des Geschehenen Bescheid thun mußten. Dagegen wurde der Gouverneur von Sibirien, Fürst Matwei Petrowicz Gagarin, zum Tode verurteilt und wirklich gehenkt, sein Sohn, Schaffirows Schwiegersohn, zum gemeinen Matrosen degradiert. – Daß der Zar wegen der Goertzischen Verhandlungen[68] auf Menczikoff erzürnt gewesen, ist uns nicht recht glaublich, da bei diesen der Zar selbst sich am meisten beteiligt und sie meist ohne Menczikoffs Beisein geführt hatte. Eher könnte es sein, daß der Zar

---

[66] Adam Adamowicz Weide, ein in Rußland geborener Deutscher, sollte erst Apotheker werden, trat dann in Kriegsdienste und war in den asowschen Feldzügen Stabsoffizier. Er begleitete den Zaren bei seiner ersten großen Reise ins Ausland und ward dann Brigadier. Bei Narwa gefangen, kam er erst 1710, wo er gegen Graf Strömberg ausgewechselt ward, in Freiheit und ward Generalleutnant. Er war mit am Pruth. 1714 wurde er Chefgeneral und erhielt den Andreasorden, letztern für das Seegefecht von Hango-Udd. Er wird in einigen der zahlreichen Versionen der unerweisbaren Schauerberichte über den Tod des Zarewitsch als ein Hauptwerkzeug dabei genannt. Er starb 29. Mai 1720, nach andern 26. Januar 1721.

[67] Es würde nur aus den Akten abzunehmen sein, ob es sich um neue Vergehen, oder um ältere, bei der frühern Untersuchung nicht entdeckte handelte.

[68] Georg Heinrich, Freiherr von Schlitz, genannt von Goertz, geboren 1668, der Vertraute Karls XII. von Schweden, ein typischer Vertreter jener intriganten Kabinettspolitiker des 18. Jahrhunderts suchte mit allen Mitteln Peter den Großen von seinen bisherigen Verbündeten ab- und auf die schwedische Seite hinüberzuziehen. Er leitete die Verhandlungen mit Rußland auf den Alandsinseln, doch wurden seine Pläne durch den plötzlichen Tod Karls XII. (11. Dezember 1718) zu Nichte gemacht, er selbst des Hochverrats angeklagt, in einem formlosen Verfahren zum Tode verurteilt und 13. März 1719 in Stockholm hingerichtet. G.

einer oder der andern Verlegenheit, in die ihn die Entdeckung der bei jenen Verabredungen vorgekommenen Anschläge gegen andere Staaten gebracht, dadurch ausgewichen sei, daß er die Schuld auf Menczikoff geschoben und sich gegen diesen erzürnt gestellt hätte.

Auch während des persischen Feldzuges, der den Kaiser während des größten Teiles des Jahres 1722 entfernt hielt, begleitete ihn Menczikoff nicht, sondern blieb an der Spitze der Reichsverwaltung, deren wichtigstes Mitglied, neben ihm und Gholofkin, Schaffirow war. Beide vertrugen sich aber nicht, während beide sich an Verdienst, wie an Schuldbarkeit wenig nachgaben. Ihre Feindschaft brach zuletzt in die gröbsten Schmähworte aus, die sie beim Senate miteinander wechselten (22. November 1722,[69] und als Peter zurückkehrte, kam ihm Schaffirow schon in Zarizin mit Beschwerden über Menczikoff entgegen, während Menczikoff in Moskau dasselbe Lied über Schaffirow anstimmte. Der Zar entschied, daß beide schon dadurch sich gleichmäßig vergangen hätten, daß sie im offenen Senat solchen Skandal erregt, weshalb sie beide vorläufig eine Geldstrafe von 100 000 Rubeln zu entrichten hätten, worauf die Beschuldigungen, die sie gegeneinander erhoben, untersucht werden sollten. In diese Untersuchung wurden noch viele andere große und geringe Beamte verwickelt, indem immer einer die Schuld auf den andern zu schieben, oder sich durch das Beispiel des andern zu entschuldigen suchte. Die Hauptstreitenden wurden beide schuldig befunden; aber Schaffirows Los, für den nicht soviel alte Gunst des Zaren sprach, der keine Fürsprecher und der sich auch Gholofkin zum Feinde gemacht hatte, war das Schlimmere. Die Untersuchung wurde durch ein Kriegsgericht geführt, dessen Vorsitz der Kaiser selbst führte, während Bruce und eine Anzahl Senatoren und Gardeoffiziere die Mitgliedschaft bildeten. Schaffirow, der dabei in Gegenwart aller Richter und Senatoren die Knute bekommen haben soll, wurde (23. Februar 1723) zum Verlust aller Würden und Güter und zum Tode verurteilt. Doch wurde das Urteil, in Erinnerung seiner diplomatischen Verdienste und bewiesenen Brauchbarkeit, auf Katharinens Fürsprache, noch auf dem Schafott, als er den Kopf bereits auf den Block gelegt und der Henker das Beil erhoben hatte, durch Erlaß der Todesstrafe gemildert. Er kam nach Sibirien, von

---

[69] Le Forts Bericht. Bei Hermann, IV, 430.

wo ihn Katharina I. nach ihrem Regierungsantritt zurückrief. Menczikoff wurde durch Verlust der ihm in der Ukraine geschenkten Güter und des einträglichen Tabakspachtes, sowie der Generalstatthalterschaft über Esthland und Ingermanland und eine Geldbuße von 200 000 Rubeln bestraft. Als der Kaiser das erste Mal nach diesem Vorgange zu ihm kam, fand er, so wird erzählt, sehr grobe und schlechte Tapeten in Menczikoffs Zimmern, und als er seine Verwunderung darüber bezeigte, sagte Menczikoff: »Meine reichen Tapeten habe ich verkaufen müssen, um den Fiskus zu befriedigen.« Peter versetzte trocken: »Hier gefällt's mir nicht und ich gehe; aber der nächsten Assemblee, die bei dir gehalten werden wird, will ich beiwohnen, und wenn ich da dein Haus nicht deinem Range gemäß ausgestattet finde, so sollst du eine ebenso starke Summe an Strafgeldern erlegen.« Als er den Fürsten wieder besuchte, fand er alles im alten Glanze, lobte die Einrichtung, ohne des Vergangenen zu gedenken, und bezeigte sich äußerst heiter.

Eine andere Geschichte, die wir aber nur in unkritischen Anekdotenmagazinen gefunden haben, knüpft sich gleichfalls an jene Untersuchung. Um der Rückgabe der 32 000 Läuflinge[70] zu entgehen, hätte Menczikoff, mit Hilfe eines bestochenen Landkommissärs, seine Besitzungen auf Kosten seiner Nachbarn beträchtlich erweitert. Die Beeinträchtigten hätten es anfangs nicht gewagt, sich an den Kaiser zu wenden; endlich aber hätten einige ihre Beschwerden dem Fürsten Dolgoruckij mitgeteilt, der sie sofort dem Zaren vorgetragen. Dieser habe zunächst den Güterinspektor Menczikoffs verhören wollen, welchen Menczikoff aber verborgen habe. Endlich sei er jedoch entdeckt und durch einen Gardeoffizier verhaftet worden. Nun sei Menczikoff, nachdem er sich vorher der Fürsprache Katharinens versichert, in einer bloßen Offiziersuniform zu dem Zaren gegangen, hätte ihm seinen Degen und seine Orden zu Füßen gelegt und sich für unwürdig erklärt, sie ferner zu tragen. Peter wurde durch diese Scene gerührt; Katharina trat zur rechten Zeit ein, und Menczikoff wurde, wenn auch mit heftigen Vorwürfen überhäuft und zur sofortigen Zurückgabe des unrechtmäßigen Besitzes angehalten, nochmals begnadigt. – Bei kleinern Vergehen soll

---

[70] Entlaufene Bauern. Diejenigen, welche solche Leute bei sich aufgenommen hatten, waren bei hohen Strafen gehalten, sie wieder zurückzuschaffen. G.

er übrigens wiederholt von Peter persönlich gezüchtigt worden sein,[71] sowie er sich auch sonst gefallen lassen mußte, wie andere Umgebungen des Kaisers, gelegentlich mit dem Fuße gestoßen zu werden, oder einen Jagdhieb zu erhalten. Eine Anekdote sagt, daß der Zar einmal, als ihm wieder eine Anzahl Vergehen des Fürsten bekannt geworden, zu demselben in dessen Palais in Wassilej-Ostrow gefahren sei, Menczikoff schlafend im Bette getroffen, ihm seine Vergehen vorgehalten und ihn tüchtig durchgehauen habe. Auf dem Rückwege begegneten ihm eine Menge geputzter Leute, die ihm, auf Befragen, sagten, daß sie dem Fürsten Menczikoff zu dessen Namenstag Glück zu wünschen kämen. Der Zar kehrte sofort mit ihnen um. Menczikoff erschrak, als er ihn kommen sah, und dachte, es solle noch einmal über ihn hergehen. Der Zar aber trat ihm mit freundlichem Gesichte entgegen und sagte: »Ich habe gehört, daß heute dein Fest ist, und bin daher mit diesen guten Leuten gekommen, dir Glück zu wünschen und bei dir zu schmausen,« worauf sich alles in Heiterkeit auflöste.

Die wiederholten Züchtigungen besserten Menczikoff freilich nicht, und noch in den letzten Jahren der Regierung Peters des Großen erneuerten sich die Entdeckungen von ihm aus Habsucht verschuldeter Mißbräuche. Der Zar wählte jetzt ein präventives Mittel und entzog ihm 1723[72] die Präsidentschaft im Kriegskollegium, um ihm so eine Hauptgelegenheit zu Erpressungen abzuschneiden. Es geschah geräuschlos und ohne den äußern Anschein einer Unzufriedenheit mit dem Fürsten, wie denn das Kriegskollegium sich bei seinem Abgange *in corpore* zu ihm verfügte, um ihm für seine verdienstvolle Direktion Dank zu sagen. Als im folgenden Jahre das Kollegium einen andern Chef des ingermanländischen Regimentes ernannte, bestätigte der Zar den Fürsten in dieser Eigenschaft, da er als Titularherzog von Ingermanland beständiger Oberster jenes Regiments war, und ließ ihm das Recht, die Offiziere desselben zu ernennen und zu befördern. Es entspann sich aber aus jenem Wech-

---

[71] Die Knute, wie man häufig liest, wird er ihm wohl nicht gegeben haben, denn diese gilt für entehrend, wohl aber die Batoggen (lange, dünne Stäbchen), oder die Peitsche, oder einfache Stockprügel.

[72] Nach andern 1724, was wir aber für irrig halten.

sel eine starke Erbitterung Menczikoffs gegen Repnin,[73] der sein Nachfolger geworden war, und Le Fort berichtet,[74] daß sich beide, auf der Taufe bei Jaguschinskij, greulich gezankt und einer dem andern die sieben Todsünden vorgeworfen hätte. Kurz vor dem Tode des Zaren erhob der Fiskus wieder Ansprüche an Menczikoff, diesmal nur im Betrage von 50 000 Rubeln. Menczikoff sei krank an Geist und Körper gewesen, schreibt Le Fort.[75] Er habe erklärt, daß er nicht imstande sei, die Zahlung zu leisten, und man habe darauf gedroht, sein ganzes Vermögen in Beschlag zu nehmen, wenn er nicht augenblicklich zahle. Katharina soll in der letzten Krankheit des Zaren seine Begnadigung nochmals erlangt haben.[76] – Der Verdächtigung, als habe Menczikoff, um sich eben den Folgen der ihm drohenden Ungnade zu entziehen, den Tod des Zaren herbeiführen helfen, haben selbst Gegner desselben entschieden widersprochen, und gilt dasselbe von ihr, was wir in betreff der gleichen Beschuldigung gegen Katharina bemerkt haben.

Welchen Anteil Menczikoff an der Thronbesteigung Katharinas I. gehabt und welche gewichtige Stellung er während ihrer Regierung eingenommen, das ist bereits in dem ihr gewidmeten Artikel[77] besprochen worden. Im allgemeinen sieht man, daß er sich seit dem Tode Peters des stärksten Zügels entledigt fühlte, daß Peter der einzige gewesen war, vor dem er sich unbedingt beugte, vor dem er Furcht, vielleicht Ehrfurcht hatte. Er tritt von nun an immer kühner und hochtrabender auf. Katharina, wenn es auch scheinen mochte, als ob ihre Gunst für ihn in der letzten Zeit wankend würde, glaubte er völlig in seiner Hand zu haben. Den russischen Großen hielt er sich unbedingt überlegen und die wenigen Ausländer, die ihm gefährlich werden konnten, suchte er durch jene Schikanen, welche

---

[73] Fürst Anikita Iwanowicz Repnin, geboren 1668, ward 20. Januar 1724 Präsident des Kriegskollegiums, bald darauf Feldmarschall, starb 1726.

[74] Vom 7. November 1724; bei Herrmann, IV, 443.

[75] Vom 25. November 1724; Herrmann, IV, 444.

[76] Nach Le Forts Bericht scheint es, daß es vor dem 21. oder 23. Januar a. St. (1. oder 3. Februar n. St.) geschehen wäre. Bei Schmidt-Phiseldek, I, 262 finden wir den 26. Januar 1725 angegeben.

[77] Universal-Bibliothek Nr. 3330, S. 58 ff.

allen Russen gegen die Ausländer geläufig sind, niederzuhalten und unschädlich zu machen.

Der kurländische Thronfolgestreit erschütterte indes Menczikoffs Ansehen bei der Kaiserin in hohem Grade. Der Herzog Friedrich Wilhelm von Kurland (geb. 19. Juli 1692), der Gemahl der Großfürstin Anna Iwanowna von Rußland (geb. 5. Februar 1693), einer Tochter des Zaren Iwan II. und Nichte Peters des Großen, war am 22. Januar 1711 gestorben, ohne eine Nachkommenschaft erweckt zu haben. Jetzt fiel die Regierung seinem Oheim Ferdinand[78] zu. Dieser aber hatte fortwährenden Streit teils mit den Ständen, teils mit Polen, das sich der letztern annahm und schließlich eine Landesverwaltung einsetzte, deren letztes Ziel die Einverleibung des Herzogtums in Polen war, weiter mit den Russen, welche in das Land rückten, um der Herzogin zu helfen, deren Witwengehalt nicht gezahlt worden war, und schließlich mit mancherlei Prätendenten der Nachfolge. Er hielt sich deshalb gar nicht im Lande auf, sondern lebte in Danzig.

Als nun die Absicht der Polen, bei einem Erlöschen des Kettlerschen Mannesstammes das Herzogtum in eine polnische Provinz zu verwandeln und es in Wojewodschaften und Starosteien zu zerfallen, unverkennbar hervortrat, glaubten die kurländischen Stände dieser Gefahr am besten begegnen zu können, wenn sie einen Thronfolger erwählten: und wenn sie dabei ihr Absehen auf den Grafen Moritz von Sachsen[79] richteten, so mögen sie teils die persönlichen Eigenschaften dieses geistreichen, ritterlich kühnen und unternehmenden Fürstensohnes, teils der Umstand dazu bewogen haben, daß sein Vater König von Polen war. Indes Augusts Hände waren in Polen gebunden, und es kam ihm nicht in den Sinn, sich in Polen Schwierigkeiten zu bereiten, um einen wahrscheinlich doch vergeblichen Beistand einem Sohne zu leisten, der nur einer aus so vielen, die Frucht einer längst gelösten Verbindung war, und den er vollständig abgefunden zu haben erklärte. Freilich wenn er die Feldherrntalente seines Sohnes, die sich erst lange nachher in ihrer ganzen Größe entfalteten, gekannt, wenn er es diesem vertraut hät-

---

[78] Geboren 2. November 1655, gestorben 4. Mai 1737.

[79] Geboren 28. Oktober 1696, als illegitimer Sohn Augusts des Starken und der Gräfin Aurora Königsmark, gestorben 30. November 1750.

te, in Polen selbst Ordnung und festes Regiment zu schaffen und, was damals noch möglich, gegen die Nachbarmächte zu behaupten, man könnte sich denken, daß die Weltgeschichte eine andere Wendung genommen haben würde.

Wie die Sache stand, hätten die Kurländer freilich klüger gehandelt, wenn sie den Wink, der ihnen von Rußland und Preußen schon 1715 gegeben worden,[80] benutzt und einen brandenburgischen Prinzen gewählt hätten, woraus leicht eine dauernde Verbindung Kurlands mit Deutschland erwachsen sein möchte. Indes sie blickten zunächst auf die Beziehungen zu Polen, von wo ihnen die Gefahr am drohendsten schien, und glaubten, diese am ersten abwenden, oder doch mildern zu können, wenn sie den polnischen König selbst in ihr Interesse zu ziehen suchten.[81] Die Unterhandlungen zwischen den Ständen und Moritz, beschleunigt durch eine Krankheit, in die der Herzog Ferdinand verfiel, wurden durch den kurischen Residenten in Warschau, Oberhauptmann Brackel, gepflogen. Unter dem Vorwande, die Ansprüche seiner Mutter in Livland[82] geltend zu machen, erschien Graf Moritz, auf einer Reise nach Riga, mit glänzendem Gefolge in Mitau und machte auf die

---

[80] Damals vereinigten sich Rußland und Preußen dahin, den kurländischen Ständen einen brandenburgischen Prinzen, der mit der verwitweten Herzogin vermählt werden sollte, zu empfehlen.

[81] Ganz grundlos war ihre Spekulation allerdings nicht. Teils war der König in seinem Herzen dem Plane seines Sohnes nicht abgeneigt, wenn er auch öffentlich gegen denselben handeln mußte; teils hatte Moritz am polnisch-sächsischen Hofe und in Polen selbst immerhin Verbindungen, durch die er wenigstens bewirken mochte, daß es bei den Polen, wie gewöhnlich, bei Worten und Beschlüssen blieb. So schreibt Graf Moritz, 7. November 1726, an seine Mutter unter anderem: »Ich habe einen Teil Polen für mich und viele Mitglieder der Reichsversammlung. Der Großmarschall hat, wie ein Held, zu mir gehalten, und seine Gemahlin hat alles für mich aufgeboten. Er hat ganz offen erklärt, daß, wenn die Republik irgend etwas Gewaltsames gegen Kurland unternähme, er mit dem Heere auf meine Seite treten würde« (Cramer, »Denkwürdigkeiten der Gräfin Königsmark,« Leipzig, 2 Bde., 1836, II, 116). Ebenso den 6. Dezember 1727: »Die Kurlands halten für besser, die Polen zu schonen, als sich den Russen zu ergeben, wohl wissend, daß ich wider jene immer Rat schaffe, doch nicht gegen diese« (A. a. O. S. 122–123). Als die Polen zwei Regimenter nach Kurland beordert hatten, erhielten diese von dem litauischen Großfeldherrn Gegenbefehl (Cramer, a. a. O., S. 129).

[82] Alte Königsmarkische Ansprüche auf dortige Besitzungen.

Großfürstin den günstigsten Eindruck, wobei es ihr nachzurühmen ist, daß ihre Teilnahme für ihn noch fortdauerte, als sie erkannt hatte, daß er so flatterhaft sei, wie sein Vater, und ihre Neigung keineswegs aufrichtig erwidere. Allerdings war sie drei Jahre älter, als er, der damals schon 30 Jahre alt. Moritz ward in der That, trotz aller polnischen Abmahnungen, am 17. (28.) Juni 1726 einstimmig zum künftigen Herzog erwählt,[83] ihm auch 5. Juli die Wahlurkunde überreicht, nachdem er sich, wider den Befehl seines Vaters, von dem er jedoch glaubte, daß er in seinem Herzen vollkommen mit seinem Ungehorsam einverstanden sei, wieder nach Mitau begeben hatte. Hätte es sich nicht bloß um eine eventuelle Nachfolge gehandelt, hätte er sofort als Herzog an die Spitze der Regierung treten können, hätte er sich zu dem entschließen wollen, sich mit der verwitweten Herzogin zu verbinden und sich deren Neigung dauernd zu sichern, so hätte er sich behaupten mögen. So aber standen ihm freilich allerwärts übermächtige Gegner im Weg und nirgends eine dem gewachsene Unterstützung zur Seite. Selbst das Geld floß ihm am reichlichsten noch teils von seiner selbst beständig bedrängten Mutter, teils von der ihn zärtlich liebenden Schauspielerin Lecouvreur;[84] außerdem mußte er sich durch jüdische Anleihen und dergleichen helfen. Die Polen versammelten einen Reichstag zu Grodno, um die Wahl zu kassieren und an ihrem Einverleibungsplane festzuhalten. Rußland ließ zwar den Polen erklären, daß es eine Abänderung der kurländischen Regierungsform niemals zugeben werde, gab aber auch den kurländischen Ständen zu erkennen, wie es die von ihnen getroffene Wahl nicht gutheißen könne, ihnen

---

[83] Das Datum steht fest; gleichwohl schreibt Graf Moritz in einem Briefe vom 19. Januar 1726: »Man hat entgegnet, daß man mich gewählt habe und daß man von dieser heiligen Wahl nicht zurücktreten könne« (a. a. O. 112–113). Entweder ist hier ein Irrtum im Datum des Briefes, der sich aber auch auf den darauffolgenden Brief erstrecken müßte, oder es ist von einem vorläufigen Beschlusse die Rede.

[84] Adrienne Lecouvreur, die berühmte Freundin Voltaires, geboren am 5. April 1692 in Damery bei Epernay, 1717 Mitglied der Comédie Française in Paris, verkaufte ihr Silberzeug und ihre Juwelen, um dem Marschall von Sachsen das für seine Thronbewerbung nötige Geld zu verschaffen. Freilich ohne Erfolg. Sie starb am 20. März 1730. G.

vielmehr den Herzog von Holstein,[85] dessen Vetter, den Sohn des Bischofs von Lübeck, die beiden in Rußland befindlichen Prinzen von Hessen-Homburg und den Fürsten Menczikoff vorschlage. Der Herzog Ferdinand brachte einen Prinzen von Hessen-Kassel in Antrag. Menczikoff erschien selbst in Mitau und glaubte, durch Drohungen und brutale Gewalt zum Ziele zu kommen. Er soll gedroht haben, die Mitglieder der Regierung nach Sibirien schicken und das Land einer Armee von 20 000 Mann preisgeben zu wollen, wenn nicht binnen zehn Tagen ein anderer Landtag berufen und er auf diesem gewählt werde. Er machte sogar einen Versuch, den Grafen in dessen Wohnung aufheben zu lassen. Moritz aber verteidigte sich (17. Juli), mit nur 60 Mann gegen 800 Russen, so tapfer, daß er sich halten konnte, bis die Leibwache der Herzogin ihm zu Hilfe gekommen war, worauf die Russen abziehen mußten. Sie hatten 16 Tode und 60 Verwundete, während unter seinen Leuten nur zwei verwundet waren. Seine Wohnung war aber ruiniert, und die Herzogin nahm ihn in ihren Palast auf. Dem Menczikoff ließ er, indem er auf Degen und Pistolen zeigte, sagen: wenn er etwas von ihm verlange und Lust habe, sich mit ihm zu messen, werde er jederzeit bereit sein, ihm damit zu dienen. Menczikoff hatte ursprünglich Ostermann[86] mit nach Kurland nehmen wollen, der ihm allerdings ungleich mehr genützt haben dürfte, als seine Soldaten. Indes Ostermann hatte kein Zutrauen zu der Sache, färbte sich das Gesicht mit Feigen und schützte Gelbsucht vor. Anna ging nun selbst nach

---

[85] Der Herzog Karl Friedrich von Holstein-Gottorp, geboren 1702, war 1721 nach Rußland gekommen, um sich Peters des Großen Schutz gegen Friedrich IV. von Dänemark zu erwirken. Er vermählte sich 21. Mai (1. Juni) 1725 mit Peters ältester Tochter Anna und starb, nachdem er 1727 Rußland hatte verlassen müssen, 1739. Er ist der Vater Peters III. von Rußland. Sein Vetter Karl, ein jüngerer Sohn des Bischofs Christian August von Lübeck, war verlobt mit Peters des Großen zweiter Tochter Elisabeth, der späteren Kaiserin, starb aber schon 1727 an den Blattern. G.

[86] Heinrich Johann Friedrich Ostermann, geboren 1686 zu Bochum in Westfalen, kam 1704 nach Rußland und wurde schon von Peter dem Großen zu wichtigen diplomatischen Aufträgen verwendet. Ebenso zeichnete ihn Katharina I. aus, die ihn zum Oberhofmeister des nachmaligen Kaisers Peter II. und zum Vicekanzler des Reiches ernannte. Die Kaiserin Anna erhob ihn 1730 in den Grafenstand und machte ihn zum Mitglied des Geheimen Conseils, dessen eigentlicher Leiter er war. Unter Elisabeth fiel er in Ungnade, wurde 1742 zum Tode verurteilt, noch auf dem Schafott begnadigt und nach Sibirien verbannt, wo er 1747 starb. G.

Petersburg und wußte sowohl die Kaiserin, als den holsteinischen Hof, den letztern vielleicht eben durch ihre Beschwerden über Menczikoffs Verfahren, günstig zu stimmen, wobei sie auch Moritzens Vater insgeheim durch seinen Gesandten unterstützte. Graf Moritz, der nach Sachsen gereist war, um den König zu sprechen, kam im Frühjahr 1727 wieder nach Kurland und hielt den Widerstand der Kurländer gegen die polnischen Anmutungen aufrecht. Die Kurländer hielten auch mit Eifer zu ihm; nur daß ihr Eifer nicht wirksam genug war, sie auch zur Beschaffung der Mittel des Widerstandes zu vermögen.[87] Der zu Grodno versammelte polnische Reichstag annullierte die Wahl des Grafen und beharrte auf der Einverleibung, und Graf Medem, der nach Warschau geschickt worden war, um gegen diese Beschlüsse zu protestieren, wurde verhaftet. Das schreckte die Kurländer noch nicht. Indes Graf Moritz fand seine Lage in Mitau selbst immer unbehaglicher. Er war lediglich auf seine eigenen Mittel verwiesen,[88] und das dortige Leben konnte ihm auf die Dauer nicht zusagen. Zuletzt lag er beständig im Bett und ließ sich den Don Quixote vorlesen.[89] Der Tod der Kaiserin Katharina I. ([6.] 17. Mai 1727) und die darauffolgende Obmacht Menczikoffs in der russischen Regierung entschied ihn, Kurland im Herbst 1727 zu verlassen, und es ward von seinen Freunden Wert darauf gelegt, daß er nur einer so mächtigen Monarchie, wie die russische, weiche.[90] Übrigens entschloß sich der Herzog Ferdinand noch 1730, sich in seinen hohen Jahren zu vermählen, und wählte dazu Johanne Magdalene von Sachsen-Weißenfels (geb. 17. März 1708, gest. 25. Januar 1760). War auch diese Ehe, wie zu erwarten, ohne Frucht, so führte sie doch dazu, daß er noch 1731 von Polen feierlich mit dem Herzogtum belehnt wurde. Als er 1737 kinderlos starb, war Anna schon seit Jahren russische Kaiserin, das Land von Russen besetzt, und das russische Machtgebot verlieh das Herzogtum einem Bewerber, welchen im Jahre 1726 niemand dem

---

[87] Siehe das Schreiben des Grafen vom 4. März 1727, a. a. O. S. 119.

[88] A. a. O., S. 132.

[89] A. a. O., S. 134

[90] A. a. O., S. 138.

Grafen Moritz von Sachsen entgegengestellt hätte.[91] Von Menczikoff war nicht mehr die Rede.

Für diesen hatte die kurländische Angelegenheit schon in ihrem ersten Verlaufe eine, wenn auch rasch vorübergehende und von ihm selbst wohl nie mit sehr ernsten Augen betrachtete Gefahr zur Folge gehabt. Die Vorstellungen und Beschwerden der Großfürstin Anna über Menczikoffs eigenmächtiges und rücksichtsloses Verfahren in Kurland hatten, unterstützt wahrscheinlich von dem holsteinischen Hofe, die Kaiserin denn doch vermocht, eine Kommission zur Untersuchung der Sache zu ernennen und den Grafen Devier speciell zu diesem Zwecke nach Kurland zu senden. Devier war zwar Menczikoffs Schwager, war aber eben deshalb sein erbittertster Feind. Anton Manuelowicz Devier[92] war ein Portugiese, welchen Peter der Große in Holland als Schiffsjungen getroffen und zunächst als Läufer in seinen Dienst genommen hatte. Er kam bald in die Gunst des Zaren, wurde rasch befördert und hielt sich für vornehm und mächtig genug, auf die Hand von Menczikoffs Schwester Anspruch machen zu können, fand auch bei dieser williges Entgegenkommen, erfuhr aber von dem Fürsten die schnödeste Abweisung. Bald aber fand sich Devier wieder bei Menczikoff ein und erklärte diesem: daß seine Schwester von ihm schwanger sei, mithin zur Rettung ihrer Ehre nichts übrig bleibe, als daß sie ihm ihre Hand reiche. Menczikoff geriet über diese Nachricht in den äußersten Zorn, ließ den Portugiesen niederwerfen und ihm die Batoggen geben. Devier warf sich mit blutendem Rücken dem Kaiser zu Füßen, und Peter entschied für die Heirat, indem er Devier zum Generalpolizeimeister ernannte. Seit dieser Zeit waren Devier und Menczikoff unversöhnliche Feinde, und die Berichte, welche Devier über seine in Kurland angestellten Ermittelungen erstattete,

---

[91] Es war bekanntlich Ernst Johann von Biron, der Günstling der Kaiserin Anna, einer der merkwürdigsten politischen Abenteurer, dem 1737 die kurländische Krone zufiel. Er war 1687 als der Sohn eines kurländischen Erbpächters Büren geboren, gewann, durch den Kanzler Bestucheff empfohlen, die Gunst Annas, wurde nach deren Tod 28. Oktober bis 19. November 1740 Regent von Rußland, durch Münnich gestürzt und nach Sibirien verwiesen, 1741 zurückberufen, 1763 wieder Herzog von Kurland, verzichtete 1769 zu Gunsten seines Sohnes und starb 28. Dezember 1772.

[92] Man findet ihn auch Devivier geschrieben.

sollen den einzigen Versuch veranlaßt haben, der unter Katharinens Regierung zum Sturze Menczikoffs gemacht worden zu sein scheint. Es ist früher erwähnt worden, wie derselbe durch Bassewitz vereitelt wurde,[93] und Menczikoff scheint mit seiner Rache nicht einmal den Tod Katharinens abgewartet zu haben. Während des letzten Krankenlagers der Kaiserin und nicht lange vor ihrem Tode[94] wurde dem Grafen Devier in den kaiserlichen Gemächern, durch einen Gardekapitän und in Menczikoffs Gegenwart, der Degen abgefordert. Devier stellte sich, als wollte er ihn abgeben, zog ihn rasch aus der Scheide und wollte Menczikoff damit durchbohren, ward jedoch daran verhindert. Weiter wurden die Fürstin Wolchonski, eine Vertraute der Herzogin von Kurland, und ihre Brüder, die Bestucheffs,[95] mit in die Untersuchung gezogen. Diese schien sich zunächst nur auf die kurländischen Differenzen zu beziehen, wo Devier eigenmächtig gehandelt haben sollte, erweiterte sich aber bald zu der Anklage wegen Komplotts, in deren Folge auch Tolstoi, Buturlin, Uschakoff, Fürst Alexander Naryschkin, Fürst Iwan Dolgoruckij und Pissareff verhaftet wurden. Dieses

---

[93] Siehe Bülau, »Geheime Geschichten,« Fünftes Bändchen, S. 81 (Universal-Bibliothek Nr. 3330). Henning Friedrich von Bassewitz, der Minister und Vertraute des Herzogs Karl Friedrich von Holstein-Gottorp, geboren 17. November 1680 in Mecklenburg, trat 1710 in holsteinische Dienste, kam mit seinem Herzog 1724 nach Rußland, fiel später in Ungnade und zog sich auf seine mecklenburgischen Güter zurück, wo er 1. Januar 1749 starb. Vgl. »Allgemeine Deutsche Biographie,« 2. Bd., S. 127.

[94] Nach Le Forts Bericht vom 18. Mai 1727 (bei Herrmann a. a. O., S. 493–494) wäre Deviers Verhaftung am 4. Mai erfolgt. Wenn das der 4. Mai a. St. sein sollte, so schiene es kaum glaublich, daß die Untersuchung bis zum 6., dem Todestage der Kaiserin, hätte erledigt, das Urteil gesprochen und gemildert worden sein können. Anders wenn es der 23. April (4. Mai) war.

[95] Michael und Alexei. Der letztere war 22. Mai 1693 in Moskau geboren, ward 1718 Oberkammerjunker der Herzogin von Kurland, 1720 russischer Gesandter in Kopenhagen, 1724 wirklicher Kammerherr, 1730 Gesandter in Hamburg und Geheimrat, durch Biron Kabinettsminister, mit ihm gestürzt, 1741 rehabilitiert, Reichsvicekanzler, Senator, 1742 Graf, 1744 Reichskanzler, 14. Februar 1753 auf seine Güter verwiesen, 3. Juli 1762 rehabilitiert und Feldmarschall. – Michael Rjumin, Graf von B., Alexeis älterer Bruder, betrat früh die diplomatische Laufbahn und war lange Zeit Gesandter in Stockholm, worauf er 1741 wirklicher Geheimrat und Oberhofmarschall wurde. Er ging 1744 als Gesandter nach Berlin und Dresden, 1749 nach Wien, privatisierte 1752–53 in Dresden, ging dann nach Rußland, ward 1756 Gesandter in Paris, wo er 8. März 1760 im 71. Jahre starb.

Komplott, wenn es nicht eben lediglich aus den Versuchen zu Menczikoffs Sturze bestanden hat, scheint eine reine arglistige Erfindung seiner Rachsucht gewesen zu sein; denn während es anfangs, als Katharina noch lebte, als gegen diese und zu Gunsten des jungen Kaisers bestimmt dargestellt ward, erschien es in dem nach dessen Regierungsantritt erlassenen Manifeste darüber umgekehrt gegen diesen gerichtet. Anfangs hieß es, die Verschworenen hätten Peter II. proklamieren und dem Fürsten Naryschkin die Regentschaft vertrauen wollen. Später sollten sie die Kaiserin Katharina dahin haben bestimmen wollen, daß sie den jungen Großfürsten über See ins Ausland schicke. Die Untersuchung wurde rasch betrieben und beendigt, und noch vor dem Tode der Kaiserin war das Urteil gefällt und durch ihre Gnade, in den Nebenbestimmungen des Testamentes, gemildert. Devier, ursprünglich zum Tode verurteilt, erhielt fünfzehn Knutenhiebe, verlor Ehren und Güter und ward nach Sibirien geschickt;[96] Tolstoi, gleichfalls anfangs zum Tode verurteilt, kam, mit Verlust von Ehren und Gütern, in ein Kloster;[97] Buturlin und Naryschkin wurden auf ihre Güter verwiesen, Dolgoruckij und Uschakoff, welchem letztern man bloß die Nichtanzeige des angeblichen Komplotts zur Last legte, degradiert; Pissareff, der schon mit Schafirow in Sibirien gewesen, von Katharinen aber zurückberufen worden und, wieder von unten auf dienend, zum Bombardierkapitän avanciert war, erhielt fünfzehn Knutenhiebe und wanderte wieder nach Sibirien. Die Fürstin Wolchonski kam nach Schlüsselburg.

Die höchste Stufe seiner Macht erstieg Menczikoff mit dem Regierungsantritte des jungen Zaren Peter II., verfiel aber darüber in so blinde Zuversicht, daß er es gänzlich versäumte, sich darin zu sichern, und eben deshalb schnell und gänzlich stürzte. Der junge Zar, geboren 12. (23.) Oktober 1715, als der Sohn des unglücklichen Zarewitsch Alexei, war, unter Peters des Großen und Katharinens Fürsorge, mit Sorgfalt unterrichtet worden, erst durch den Ungar Secan, und als dieser den Naryschkins, deren Informator er gewe-

---

[96] Es ist befremdend, aber wohl durch Deviers zweideutigen Charakter zu erklären, daß er nicht durch Anna, sondern erst 1743 rehabilitiert wurde, worauf er 1745 starb.

[97] Menczikoff entfernte dadurch einen gefährlichen Gegner und insinuierte sich bei dem Thronfolger.

sen, in die Verbannung gefolgt war, unter Leitung Ostermanns und Alexei Dolgoruckijs. Den Unterrichtsplan hatte für das Religiöse der Erzbischof Theophanes, für das Weltliche Ostermann zweckmäßig entworfen. Für den Charakter des jungen Fürstensohnes, der eine Neigung zu Eigenwillen und Jähzorn und einen Mangel an Sinn für feinere Genüsse ererbt zu haben scheint, und auf den die Entbehrung des mütterlichen Einflusses und die Vernachlässigung, die er lange Zeit erfahren, die Zurücksetzung hinter minder Berechtigte, schwerlich günstig gewirkt hat, wäre es wohl zu wünschen gewesen, daß er nicht schon im zwölften Jahre zur höchsten Gewalt berufen worden wäre. Obendrein unterließ man es, von vornherein festzustellen, daß er für jetzt noch zu keinerlei selbständigem Handeln berechtigt sei. Menczikoff ließ sich, wenige Tage nach dem Regierungswechsel, durch seine Ernennung zum Generalissimus[98] überraschen, am 12. (23.) Mai, die ihm Peter II. mit den Worten ankündigte, daß er soeben einen Feldmarschall verloren habe. Den holsteinischen Hof ließ der Zar seine Empfindlichkeit über frühere Vernachlässigung sofort fühlen. Zunächst zeigte er für nichts Sinn, als für die Jagd, die ihn von allen anderen Beschäftigungen abzog. Im übrigen ließ er Menczikoff walten, sei es, daß er diesem, der sich schon vor dem Thronwechsel an ihn angeschlossen, aufrichtige Gunst schenkte, oder daß er Scheu vor Menczikoffs Macht hatte. Nicht ohne Schlauheit hatte Menczikoff in das Manifest, das am 27. Mai (7. Juni) über das Deviersche Komplott erlassen ward, als einen Anklagepunkt einfließen lassen, daß die Verschworenen sich bemüht hätten, die beschlossene Vermählung Peters mit der Prinzessin Menczikoff zu hintertreiben. Der junge Zar, damals ohnedies noch nicht heiratsfähig, scheint sich für keine Menczikoff sonderlich interessiert zu haben, zog aber die Ältere, Maria, der Jüngeren vor und verlobte sich am 26. Mai (6. Juni)[99] mit ersterer. Das Conseil wurde nur einmal zusammenberufen, und Menczikoff konzentrierte alle Gewalt, indem er die schwierigern Geschäfte dem Ostermann übertrug, dessen Brauchbarkeit er kannte, den er sich ergeben hielt, und von dessen vorsichtigem Charakter er erwartete, daß er sich stets mit der zweiten Stelle begnügen werde. Der holsteinische Hof,

---

[98] Nach ihm haben nur Prinz Anton Ulrich von Braunschweig-Wolfenbüttel und der große Suworoff diese Würde bekleidet.

[99] Nach andern am 25. Mai (5. Juni), oder am 23. Mai (3. Juni).

zurückgesetzt und schikaniert, faßte schon zu Anfang des Jahres den ihm von Menczikoff sehr deutlich nahegelegten Entschluß, nach Holstein zurückzukehren, und führte ihn im folgenden Monate aus, indem er sich am 5. August einschiffte. Menczikoff hatte den Herzog wissen lassen, der Kaiser werde nach Moskau zur Krönung gehen, diese weite Reise aber dem holsteinischen Hofe wohl sehr beschwerlich sein; auch habe dieser auf deutschem Boden bessere Gelegenheit, die Restitution in Schleswig zu betreiben, wozu man ihm dann gern behilflich sein werde. Man gab den Holsteinern, auf ihr Begehren und dem Testamente der Kaiserin gemäß, Schiffe zur Überfahrt. Als der Herzog aber die seiner Gemahlin ausgesetzten Summen verlangte, verstand sich Menczikoff zwar dazu, dieselben vorzuschießen,[100] zog aber 100 000 Rubel davon ab, wovon Bassewitz 20 000 Rubel bekommen haben soll,[101] sowie er für seine an Menczikoff überlassenen Güter in Livland 36 000 erhielt. Die Pension des Herzogs wurde eingezogen; seiner Gemahlin wurden 35 000, der Prinzessin Elisabeth[102] 30 000, der Herzogin von Mecklenburg[103] und ihrer Schwester, der Prinzessin Proskowia, 12 000 Rubel ausgesetzt, Maßregeln, durch die sich Menczikoff jedenfalls im Kaiserhause wenig Freunde machte, wie durch die Reduktion des zarischen Hofbudgets auf 150 000 Rubel sonst am Hofe. Doch möchte die letztere Maßregel, mit Rücksicht auf die große Jugend des Zaren, sich eher rechtfertigen lassen, als die Beschränkung der

---

[100] Bei Schmidt-Phiseldek (I, 384 ff.) ist nur von den 300 000 Rubeln Brautschatz die Rede. Le Fort, bei Herrmann (IV, 510), spricht von 380 000 Rubel bar und 600 000 in Papieren, was sich nur auf die eine Million Rubel beziehen kann, welche die Herzogin während der Dauer der Regentschaft nach und nach erhalten sollte. Darauf paßt es auch besser, wenn Schmidt-Phiseldek sagt, Menczikoff habe dieses Geld vorgeschossen. Die Sache verhielte sich dann so, daß er sich dazu verstanden hätte, das Geld, welches der Staat nur nach und nach zu leisten hatte, sofort ganz zu zahlen. Aber wie wurde es da mit dem Brautschatz?

[101] Schmidt-Phiseldek spricht nur von 80 000 Rubel, von denen Bassewitz 20 000 bekommen habe. Wahrscheinlich sind es 80 000 neben den 20 000 für Bassewitz gewesen.

[102] Die zweite Tochter Peters des Großen, die spätere Kaiserin.

[103] Katharina Iwanowna, älteste Tochter Iwans V., vermählt 1716 mit dem Herzog Karl Leopold von Mecklenburg; ihre Tochter Anna, Gemahlin Herzog Anton Ulrichs von Braunschweig-Wolfenbüttel, war 1740–41 Regentin von Rußland für ihren Sohn Iwan VI. G.

Apanagen. Als Menczikoff von einer gefährlichen Krankheit, in die er verfallen, genesen war, verließ der Herzog von Holstein Rußland.

Was noch sonst von bedeutsamen Personen in Rußland war, das suchte Menczikoff entweder seinem Interesse zu verbinden, oder zu entfernen. Die ihm früher so abgeneigten, aber mächtigen Golyzins zog er an sich, und der Feldmarschall Golyzin versprach seine Tochter dem Sohne Menczikoffs zur Ehe. Jaguschinskij sollte erst nach Persien und mußte dann wenigstens zur Armee in die Ukraine. Rumanzoff ward in Derbent beschäftigt; Makaroff, der, nachdem man die Kabinettskanzlei kurz nach dem Regierungswechsel aufgehoben, zum Kammerpräsidenten ernannt worden war, bekam die sibirischen Bergwerke zu untersuchen. Selbst Apraxin ward entfernt. Am 7. Juni schrieb Le Fort[104] an seinen Hof: »Niemals hat man den verstorbenen Zar so gefürchtet, noch ihm so pünktlichen Gehorsam geleistet, als dem Fürsten Menczikoff; alles beugt sich unter ihm; und Gott stehe dem bei, der es wagt, ihm zu widersprechen; der frühere Despotismus ist gar nichts gegen den jetzigen; keine lebende Seele wagt nur zu atmen; alles zittert vor Menczikoffs Macht. Er fährt fort, die Leute verhaften zu lassen, nicht etwa weil sie irgend ein Staatsverbrechen begangen, sondern von seinem Zorn werden alle getroffen, die er in Verdacht hat, daß sie gegen seine unumschränkte Herrschaft etwas einzuwenden haben könnten.«

Bei alledem war sein Sturz sehr nahe und ging von einem zwölfjährigen Knaben aus, der aber, was Menczikoff zu sehr vergessen hatte, sein Kaiser war. Er ließ ihn zuweilen als Kaiser figurieren und das Bewußtsein der unumschränkten Machtvollkommenheit gewinnen, die mit dieser Würde verbunden war, und behandelte ihn doch auch wie einen willenlosen Knaben. Das begann den jungen Zaren erst zu verstimmen, dann zu erbittern, und es fehlte nicht an Leuten, die diese Veränderung der Stimmungen schnell zu erkennen verstanden. Als man dabei bemerkte, daß der junge Kaiser zu schweigen vermöge, zu beobachten anfange und Vorstellungen Gehör gebe, fanden sich auch Personen, die seine beginnende Abneigung gegen Menczikoff zu nähren eilten. Verschob auch Menczikoff die Reise nach Moskau von einer Zeit zur andern, weil er den Zaren in Petersburg, wo er in Menczikoffs Palaste wohnte,

---

104 Bei Herrmann, IV, 509.

besser überwachen konnte, so war doch Menczikoffs Verfahren zuletzt allen unerträglich, und von den übrigen Gliedern der kaiserlichen Familie konnte er den Zaren doch nicht abschließen. Zwar die alte Großmutter des jungen Kaisers, die verstoßene Gemahlin Peters des Großen, Awdotja Feodoroffna Lapuchin, die sofort nach Katharinens Tod aus ihrem Strafkloster gezogen worden war, und die gänzliche Entblößung, in der sie dort geschmachtet, mit allen Üppigkeiten des Luxus vertauscht hatte,[105] konnte keinen Anteil an den Bestrebungen gegen Menczikoff nehmen, da sie ihren Sitz in einem adeligen Jungfrauenkloster genommen hatte. Die Großfürstin Elisabeth aber war, so lange es das gemeinsame Interesse gegen Menczikoff galt, eine gefährliche Feindin, und es ward bald bemerkt, daß der junge Zar der Großfürstin Elisabeth mehr Aufmerksamkeit bewies, als seiner Braut. Dann war des Zaren Schwester, die junge Natalja (geb. 23. Juli 1714, gest. 3. Dezember 1728), ein kluges, verständiges Mädchen, das großen Einfluß auf ihn übte und zu üben verdiente. Ostermann zeigte wenigstens durch sein eigenes Verhalten zu dem Zaren, wie derselbe eigentlich zu behandeln wäre, und nahm ihn soweit möglich in Schutz. Neben den aufrichtigen Freunden, die ein wahres Interesse an dem Fürstenhause, teils um dessen selbst, teils um des Landes und Volkes willen, leitete, fehlte es, wie überall, nicht an Hetzern und Ohrenbläsern, welche durch selbstsüchtige Spekulation, oder durch Neid, Mißgunst und Rachsucht bestimmt wurden. Auch ein verdienstvollerer und tadelfreierer Mann, als Menczikoff, würde dergleichen nicht entgangen sein, und wer mag diesen Einflüsterern an Höfen allen Zugang zu dem Ohre des Fürsten verschließen?

Menczikoff hätte sich warnen lassen sollen, da sich mehr und mehr ein Widerwille des Zaren gegen ihn aussprach und gewisse Anlässe des Zwistes immer wiederholten. Wenn er zur Zeit Peters des Großen, trotz wiederholter Warnungen und Zwistigkeiten,

---

[105] Menczikoff hatte ihr sogleich nach Peters II. Thronbesteigung durch zwei Personen aus ihrer Familie Nachricht davon geben und sie zugleich um ihre Zustimmung zu der Vermählung des Kaisers mit seiner jüngsten Tochter bitten lassen; denn diese war dem Zaren eigentlich bestimmt, während es sich später zeigte, daß er sich immer noch lieber in die Ältere fügte. – Die Zurückberufung der Lapuchins aus dem Exile wurde übrigens wider Menczikoffs Wünsche bewirkt.

immer wieder in dieselben Fehler verfiel, so mochte sein Vertrauen auf die unermüdliche Nachsicht seines großen Gönners dazu beitragen, der sich nun einmal entschieden hatte, den Menczikoff, *trot aller seiner, ihm sehr wohlbekannten Fehler, nicht fallen zu lassen. Aber konnte er ebenso auf eine andauernde Neigung eines Knaben rechnen, dessen Charakter sich erst entwickeln sollte und bei dem Übergange zum Jünglings- und zum Mannesalter notwendig Wandlungen erleiden mußte? Schon jetzt konnte es ihm nicht entgehen, daß der Zar ihm nicht mehr hold sei. Er wich ihm aus, wo er konnte. Er ließ seinen Groll gegen den Fürsten durch Mißhandlung des Sohnes desselben, des Kammerherrn, aus. Er behandelte seine Braut mit entschiedener Kälte, und wenn Menczikoff ihm deshalb Vorstellungen machte, erwiderte er: Liebkosungen halte er für überflüssig, und Menczikoff wisse ja auch, daß er durchaus nicht die Absicht hege, sich vor seinem fünfundzwanzigsten Jahre zu vermählen.[106] Am Geburtstage seiner Schwester ließ er Menczikoff kaum ausreden, als er ihm schon den Rücken kehrte, und ließ die an ihn selbst gerichtete schmeichelnde Anrede ohne Antwort, sagte aber gleich darauf zu einem Vertrauten: »Seht nur, ob ich nicht anfange, den Menczikoff zurechtzusetzen.« – Menczikoff mochte es nicht aus den Gedanken verlieren können, daß er die Nachfolge des Zaren gesichert habe, und wie er das Los des letztern früher wohl in seiner Hand gehabt, so mochte er meinen, stehe es jetzt noch. Allein damals hatte er die Gunst des großen Zaren und Katharinens hinter sich gehabt, während er jetzt auf sich allein verwiesen war.*

Streitigkeiten in Geldsachen, bei denen er sich rücksichtslos und eigenmächtig benahm, führten, sich in kurzer Zeit gleichmäßig wiederholend, seinen Sturz herbei. Als Menczikoff sah, daß der Bediente, der das Geld für die kleinen Ausgaben des Kaisers zu verwalten hatte, dem Kaiser selbst eine, wenn auch sehr geringe Summe in die Hände gegeben hatte, mißhandelte er den Menschen aufs gröblichste und jagte ihn fort, während der Zar sich darüber höchst entrüstet zeigte und den Fortgeschickten in seinem Dienste behielt.

Bald darauf ließ der Zar den Fürsten um 500 Dukaten ersuchen, erklärte, als dieser nach dem Zwecke fragte, bloß, daß er sie nötig habe, und schenkte sie, als er sie erhalten, seiner Schwester. Darüber wurde Menczikoff wütend und ließ der Großfürstin das Geld wie-

---

[106] Le Fort, 9. September 1727, bei Herrmann, IV, 513.

der abnehmen. Ebenso, als die Stadt Jaroslaff (8. September) dem Kaiser ein silbernes Service zum Geschenk gemacht, und dieser es gleichfalls seiner Schwester gegeben hatte – schickte Menczikoff dreimal zu ihr, um es ihr wieder abzufordern, worauf sie ihm aber sagen ließ: sie wisse sehr wohl, daß er ein bloßer Privatmann und nicht souverän sei, und erklärte, daß sie Menczikoffs Wohnung nie wieder betreten werde. Gleich darauf (17. September) machte die Petersburger Maurerinnung dem Kaiser ein Geschenk von 9000 Dukaten, die er auch seiner Schwester durch einen Hofjunker sendete.[107] Menczikoff begegnete dem letztern, erfuhr, auf Befragen, die Bestimmung des Geldes und befahl, dasselbe auf sein Zimmer zu bringen, indem er bemerkte: »Der Kaiser kennt, seiner Jugend wegen, den rechten Gebrauch des Geldes noch nicht; bringt das Geld in mein Zimmer; ich werde schon mit dem Kaiser darüber sprechen.« Am folgenden Morgen kam die Prinzessin, wie gewöhnlich, zu dem Kaiser, um mit ihm zu frühstücken. Der Kaiser wunderte sich, daß sie nichts von dem Gelde sagte, fragte endlich und entdeckte den Zusammenhang. Er ließ Menczikoff rufen und fragte ihn zornig: warum er sich unterstanden, den Hofjunker in der Ausübung seiner Befehle zu hindern? Der ungewohnte Ton, in welchem der Zar zu ihm sprach, machte Menczikoff betroffen, doch faßte er sich und sagte: das Bedürfnis des Staates und der schlechte Zustand des kaiserlichen Schatzes sei allgemein bekannt; er sei entschlossen gewesen, noch an demselben Tage einen Plan für nützlichere Verwendung des Geldes vorzulegen; wenn Se. Majestät es befohlen, so wolle er nicht nur die 9000 Dukaten, sondern auch noch eine Million Rubel darüber aus seiner eigenen Kasse auszahlen lassen. Der Kaiser, so wird erzählt, ließ ihn nicht ausreden, sondern stampfte mit dem Fuße und sagte: »Geh' zum Teufel! bin ich nicht Kaiser? und kann ich nicht ohne deine Erlaubnis mit meinem Gelde machen, was ich will?« Menczikoff ging dem Kaiser, der ihm den Rücken gekehrt und sich entfernt hatte, nach und erwirkte durch inständige Bitten eine schwerlich aufrichtige Verzeihung. – Menczikoff kann bei allen diesen Vorgängen, die ihm so geschadet haben

---

[107] Die öftere Wiederholung dieser Sendungen läßt fast vermuten, daß Peter gerade damit Menczikoff auf die Probe stellen wollte, oder daß die Vereitelung des frühern Geschenkes ihn zur Erneuerung desselben veranlaßte, oder daß er dafür hielt, das Geld sei bei seiner Schwester besser aufgehoben, als bei ihm.

und von Zeitgenossen und Nachfolgenden als grobe Fehler und Verstöße angerechnet worden sind, in einer löblichen Sorgfalt für das öffentliche Interesse gehandelt haben. Indes handelte es sich doch dabei nicht um die Verhinderung von Ausgaben, die des Kaisers unwürdig waren, oder ihm schaden konnten, sondern um eine dem Kaiser wohl anstehende Freigebigkeit zu Gunsten der ihm Nächststehenden; es handelte sich um die Verwendung dem Kaiser, nicht der Staatskasse gemachter Geschenke, die man dem Kaiser hatte persönlich übergeben lassen, und über die ihm nachher noch die Verfügung zu versagen immerhin verletzend war. Jedenfalls war das Verfahren, welches Menczikoff dabei einschlug, nicht das rechte. Ließ sich der Kaiser in seiner Freigebigkeit zu weit gehen, so mochte er ihm, bei dem ersten derartigen Falle, ohne das Geschenk zurückzufordern, eine freundliche, ihn über die finanzielle Lage des Reiches aufklärende Vorstellung machen; nicht aber durfte er die bereits getroffenen Verfügungen des Kaisers rückgängig machen.

Es war dafür gesorgt, daß diese und ähnliche Vorgänge rührig ausgebeutet und von dem Zaren nicht vergessen wurden. Während der Krankheit Menczikoffs[108] hatten namentlich die Dolgoruckijs zu dem Kaiser Zutritt gefunden, und der junge Iwan Dolgoruckij war ein Liebling Peters II. geworden. Menczikoff hielt sie für zu unbedeutend, als daß sie ihm große Besorgnis erregen könnten. Er hätte wissen sollen, daß auch sehr kleine Geister eine Hofintrige mit Erfolg durchzuführen vermögen, indem nicht die dabei anzuwendende Geschicklichkeit, sondern lediglich die Bedeutsamkeit des Objekts dieselben von den Intriguen des gemeinen Lebens unterscheidet, und darin gerade kleine Geister am meisten zu leisten pflegen. Villebois nimmt übrigens an (S. 107), daß die Dolgoruckijs Werkzeuge eines viel eminentern Geistes, des Ostermann, gewesen seien. Auch Le Forts Berichte scheinen zu bestätigen, daß Ostermann bei dem Sturze Menczikoffs die Hand im Spiele gehabt.[109] Wie dem auch sei, Menczikoffs Sturz war entschieden und fand ohne Kampf und in einer Weise statt, bei der die große Isolierung

---

[108] Wir halten dafür, daß dabei an diejenige Krankheit zu denken ist, auf deren Ausgang der holsteinische Hof wartete, bevor er abreiste, nicht an eine zweite, von der Schmidt-Phiseldek den Fürsten noch nach dem 17. September befallen werden läßt.

[109] Bei Herrmann, IV, 517.

Menczikoffs von allen unterstützenden Verbindungen und Anhängern hervortritt. Ungewarnt fiel er nicht, sondern hätte den heranbrechenden Sturm aus mancherlei Anzeichen vermerken können, und immerhin versuchen mögen, ob er ihn nicht abwenden, wenigstens mildern könne.

Der Hof war in Peterhof; Menczikoff aber war nach Oranienbaum gegangen, wo er ein glänzendes Fest[110] zu feiern gedachte, zu welchem er den Kaiser und den gesamten Hof einladen ließ. Nach Le Forts Berichten,[111] die uns in betreff dieser Vorgänge etwas outriert und ausgeschmückt erscheinen, hätte der Zar, auf Menczikoffs inständigstes Bitten, sein Erscheinen zugesagt, am Vorabend des Festes aber kurzweg sagen lassen: Geschäfte verhinderten ihn, Petersburg (?) zu verlassen; Menczikoff möge sein Fest nur allein feiern.

Ältere Berichte lassen den Kaiser sich mit Unpäßlichkeit entschuldigen, was allerdings wahrscheinlicher ist. Das Fest ging im übrigen vor sich, und Menczikoffs Gegner behaupteten, er habe sich dabei auf den für den Kaiser bestimmt gewesenen Prachtsessel gesetzt, was sie ihm natürlich sehr übel auslegten. Menczikoff eilte nach Peterhof, fand aber weder den Kaiser, noch die Großfürstin Natalie,[112] und lamentierte nun der Großfürstin Elisabeth, die allein zurückgeblieben war, über den Undank des Zaren vor, indem er zugleich erklärte, daß er sich auf das Kommando in der Ukraine zurückziehen wolle. Da er sah, daß der Kaiser nicht wieder nach

---

[110] Nach Le Fort war Menczikoffs Geburtstag, nach andern die Einweihung einer Kapelle der Anlaß. Beides ließe sich auch vereinigen.

[111] Vom 17. u. 18. September 1727. Bei Herrmann, IV, 513–514.

[112] Auch hier stimmen die Berichte nicht ganz überein. Nach den Nachrichten, denen Schmidt-Phiseldek (I, 389 ff.) gefolgt ist, kam Menczikoff noch am Abend des Festes nach Peterhof, traf aber den Kaiser nicht, wartete zwei Tage vergeblich und ging dann nach Petersburg. Le Fort läßt ihn ein paar Tage nach dem Feste und nachts nach Peterhof kommen, vom Kaiser aber nicht vorgelassen werden. Am andern Morgen ist der Kaiser auf die Jagd gegangen und die Großfürstin Natalie, welche Le Fort zum Fenster hinausspringen läßt, ihm nachgeeilt. Villebois (S. 108) weiß gar nichts von Oranienbaum, läßt aber den Zaren selbst, auf Ostermanns Veranstaltung und unter Anleitung des jungen Dolgoruckij, zum Fenster hinausspringen und in das Landhaus des Großkanzlers Gholowin entkommen, wo der ganze Senat ihn erwartet und im Triumph nach Petersburg gebracht habe. Aus Le Forts Berichten ergiebt sich aber, daß der Kaiser erst nach Menczikoff nach Petersburg zurückkam.

Peterhof kam und übrigens an den Gesichtern der Hofleute zu be-
merken glaubte, daß man ihn schon als eine gefallene Größe be-
trachte, so ging er nach Petersburg, wo er das Heer von ihm abhän-
giger Beamten hatte, zeigte sich ganz zuversichtlich, besuchte die
Behörden, gab Befehle und ließ seinen Palast zur Aufnahme des
Zaren einrichten. Aber noch an demselben Abend erhielt der hohe
Rat einen Befehl des Kaisers, das neue Sommerpalais, sowie das
Winterpalais, für den Kaiser in wohnbaren Stand setzen zu lassen.
Auch bekam er die Weisung, keinen die Finanzen betreffenden
Befehl zu beachten, der nicht vom Kaiser unterzeichnet sei. Am
nächsten Tage erschien General Soltikoff in dem Palaste des Fürsten
Menczikoff, um die Sachen des Kaisers aus demselben fort und in
das Sommerpalais schaffen zu lassen. Menczikoff, äußerst er-
grimmt, wollte nun auch seine Sachen dorthin gebracht wissen,
ward aber bedeutet, sich diese Mühe zu ersparen. Die Sachen seines
bei dem Kaiser wohnenden Sohnes wurden zurückgeschickt. Am 7.
(18.) September kam der Zar nach Petersburg und erklärte gegen
Ostermann, der ihn zu beschwichtigen gesucht haben soll,[113] er
werde zeigen, wer Kaiser sei, er oder Menczikoff; er werde sich
nicht, wie das seinem Vater begegnet sei, von Menczikoff mißhan-
deln und ohrfeigen lassen. Dem Hofe ward verboten, mit Menczikoff Verkehr zu Pflegen. Menczikoff war durch diese ganzen Vorgänge völlig außer Fassung gebracht. Er hatte das ingermanländi-
sche Regiment, dessen Oberster er seit Errichtung desselben war,
und das ihm sehr ergeben gewesen sein soll, so daß seine Feinde es
nicht wenig gefürchtet hätten, unfern von seinem Palaste auf Wassi-
lij-Ostrow kampieren lassen, schickte es aber in seiner Bestürzung
und Ratlosigkeit in seine Quartiere zurück,[114] und gab damit die
letzte Waffe aus den Händen, die es ihm wenigstens möglich machen konnte, über seinen Rückzug zu kapitulieren.[115] Am 8. (19.)
September erschien ein Ukas, worin der Zar erklärte, daß er sich
entschlossen habe, von jetzt ab den Vorsitz in dem hohen Conseil

---

[113] Herrmann, IV, 514, wohl nach Le Forts Bericht vom 20. In demselben Bericht
steht aber auch (S. 517), daß Ostermann und Menczikoff sich kurz vorher in
Peterhof heftig gezankt und einander mit dem Rade gedroht hätten.

[114] Schmidt-Phiseldek, I, 390.

[115] Nicht daß er wirklich einen Kampf hätte anfangen sollen, was ein Va Banque
gewesen wäre; aber er konnte die Furcht seiner Gegner davor benutzen.

persönlich zu übernehmen und alle zu erlassenden Befehle persönlich zu unterzeichnen, »weshalb schlechterdings keine andern Befehle von Privatleuten, und wären sie auch von dem Fürsten Menczikoff, mehr gehört oder beachtet werden« sollten. Dieselbe Verfügung ward den beiden Garderegimentern mit dem Bemerken bekannt gemacht, daß sie weitere Befehle durch die Majore Jussupoff und Soltikoff erwarten sollten. Diese Offiziere waren es auch, welche dem Fürsten Menczikoff gleichzeitig Hausarrest ankündigten.[116]

Die Katastrophe war da, wenn sie auch noch einige Tage von mildernden Formen und trügerischen Hoffnungen umhüllt war. Bei der Ankündigung des Arrests soll der Fürst, nach Villebois (S. 109), gesagt haben: »Ich bin sehr strafbar; ich gestehe es, und diese Behandlung geschieht mir nach Gebühr; aber sie kommt mir nicht vom Zaren.« Nach Le Fort wäre er in Ohnmacht gefallen, so daß man ihm zur Ader gelassen hätte. Seine Gemahlin und Kinder eilten zum Zaren, wurden aber nicht vorgelassen, oder erhielten doch keine Antwort von diesem.[117] Sie warfen sich vor den Großfürstinnen nieder; aber auch diese zogen sich zurück. Nur Ostermann hielt aus, und drei Viertelstunden soll die Fürstin vor seinen Füßen gelegen haben, ohne sich aufrichten zu lassen. Eine Versicherung, daß das ganze Unwetter, ohne sich zu entladen, vorüberziehen und Menczikoff im Besitze seiner Würden und seiner Macht bleiben solle, konnte Ostermann nicht geben, und die Menczikoffs mochten wohl fühlen, daß in allem andern wenig Sicherheit sei. Zunächst suchte man sie allerdings zu beruhigen. Sei es, daß man sich anfangs selbst nicht gleich dareinfinden konnte, den so lange so Mäch-

---

[116] Villebois zieht auch hier die Vorgänge zusammen. Er läßt Menczikoff dem Kaiser nach Petersburg nacheilen, während Menczikoff vor demselben dort eingetroffen ist, in der Residenz alle Wachen gewechselt und die Garnison unter den Waffen finden, darauf zu seinem Palast gehen und sofort von Grenadieren, die denselben umzingelt hätten, verhaftet werden.

[117] Le Fort spricht bloß von der Fürstin und ihrem Sohne. Nach von Mannstein (S. 14) wurden sie gar nicht bei dem Zaren vorgelassen. Nach Weber III, 104, dessen Angabe auch Le Fort (bei Herrmann, IV, 515) zu bestätigen scheint, wäre die Fürstin zu dem Zaren gedrungen, hätte aber keine Antwort erhalten. Villebois weiß gar nichts von diesem Teil der Geschichte, sondern sagt: Menczikoff selbst habe den Zaren zu sprechen begehrt und statt dessen die Weisung zur Abreise erhalten.

tigen und Gefürchteten in gänzliches Elend zu stürzen, oder daß man doch eine unbestimmte Scheu trug, ihn zur Verzweiflung zu treiben: man behandelte ihn zunächst mit vieler Rücksicht; er erhielt zwar Befehl, den 10. (21.) abzureisen, ward aber vorerst nur auf sein Gut Oranienburg[118] ein 300 Werst über Moskau nach der Ukraine zu gelegenes Gut, mit einem prächtigen Schlosse, welches Menczikoff hatte befestigen lassen und wo er einen damals viel besuchten Jahrmarkt[119] begründet hatte, verwiesen und durfte seine wertvollsten Sachen und soviel Dienerschaft, als er wollte, mitnehmen. Man verlangte ihm nur die schriftliche Versicherung ab, keinen Briefwechsel mit irgendwem führen zu wollen.[120] So zog er am genannten Tage, unter ungeheuerm Zulauf des Volks, nicht wie ein Staatsgefangener, sondern wie ein reicher und mächtiger Regent ab. Voran fuhren vier sechsspännige Staatswagen, in deren erstem der Fürst mit seiner Gemahlin und seiner Schwägerin Barbara saß, während in dem zweiten sein Sohn mit einem Zwerg, in dem dritten seine beiden Töchter und zwei Kammermädchen, in dem vierten sein Schwager Arsenieff und einige Hofleute, dann aber 38 Wagen mit seiner Dienerschaft und seinen Effekten folgten. Nur die schwarze Kleidung der ganzen Familie, der Mangel aller Orden an der Brust des Fürsten und das Geleit eines Gardekapitäns mit 120 Mann zeigten an, daß es keine Lustreise sei, welche hier angetreten werde. Nach Villebois hätte Menczikoff bei der Fahrt durch Petersburg rechts und links gegrüßt, auch die ihm bekannten Personen, die er im Gedränge des Volks sah, angeredet und von ihnen Abschied genommen.

Schon im Twer,[121] also noch diesseits Moskau, fand sich ein Befehl vor, alle seine Effekten zu versiegeln und ihm nur das Notwendigste zu lassen. Die Wache wurde verdoppelt und verschärfte ihre

---

[118] Villebois nennt es Renneburg; es wird in der That häufig Ranenburg genannt, ist übrigens jetzt ein Städtchen von etwa 1500 Einwohnern, im Gouvernement Rjäsan an der Njäsa gelegen.

[119] Er wurde im Juni gehalten und soll viel von Tataren, Persern, Kosaken und Russen besucht worden sein.

[120] Das ist eine in jener Zeit gewöhnliche Maßregel gewesen.

[121] Villebois verlegt diese neue Wendung nur zwei Meilen von Petersburg. Das macht freilich seine ganze weitere, so umständliche Erzählung verdächtig.

Aufmerksamkeit.[122] Villebois (S. 109 ff.) erzählt: die militärische Begleitung sei gewechselt worden, und der das neue Detachement befehligende Offizier habe ihm, im Namen des Zaren, die Insignien des Andreas-, Alexander-Newsky-, Elefanten-, weißen und schwarzen Adler-Ordens abgefordert. Er habe darauf mit großer Ruhe gesagt: »Ich erwartete, daß man sie von mir zurückverlangen würde; ich habe sie deshalb in diesen kleinen Koffer gethan; Sie werden darin die äußern Zeichen der falschen Eitelkeit finden. Wenn Sie, der Sie berechtigt sind, mir dieselben zu nehmen, jemals damit bekleidet werden, so lernen Sie aus meinem Beispiele, wie wenig man Gewicht darauf legen darf.« Nachdem der Offizier sich des Koffers bemächtigt, habe er dem Fürsten erklärt, daß er auch Auftrag habe, das Gepäck und die Dienerschaft, die er mitgenommen, zurückzuschicken, und habe darauf den Fürsten und seine Familie aus den Staatskutschen steigen und sich in kleine Wägelchen setzen lassen. Der Fürst habe, als ihm dies angekündigt worden, gesagt: »Thun Sie Ihre Pflicht; ich bin auf alle Ereignisse gefaßt; je mehr man mir Schätze entziehen wird, destoweniger Sorge wird man mir lassen. Sagen Sie denjenigen, zu deren Nutzen meine Beraubung gereichen wird, in meinem Namen, daß ich sie mehr zu beklagen finde, als mich.« Er sei mit gefaßter Miene aus dem Wagen gestiegen und habe versichert, daß er sich so viel behaglicher fühle, als in der Karosse. In Oranienburg übergab man ihm die gegen ihn erhobenen Anklagepunkte, die viele Bogen füllten, und bald erschienen Kommissarien, ihm den Prozeß zu machen. Wenn man sich einmal entschied, dem Beispiele des großen Zaren, der die Verdienste Menczikoffs und seine vieljährige Verflechtung mit dem Kaiserhause in die Wagschale legte, und damit die andere Schale mit seinen Vergehen in die Höhe treiben ließ, nicht zu folgen, so war es leicht, in seinem öffentlichen Leben eine Reihe strafwürdiger Handlungen zu finden; die Anklagen werden in Massen zugeströmt sein, und mit dem Beweis wird man es weder genau genommen, noch nach mildernden Umständen gesucht haben. Doch wurden so kolossale Beschuldigungen erhoben, daß selbst Le Fort, der dem Menczikoff keineswegs hold war, sie nicht sämtlich für glaubhaft erklärt.[123] Man

---

[122] Nach Herrmann, IV, 516, wäre er sogar an Händen und Füßen gefesselt worden.

[123] Bei Herrmann, IV, 516.

wollte sogar einen Brief gefunden haben, in dem er bei dem preußischen Hof eine Anleihe von zehn Millionen nachgesucht und die Erstattung des Doppelten versprochen habe, sobald er den Thron bestiegen haben würde.[124] Mit einem solchen Entwurfe brachte man die Verdrängung dem Menczikoff mißliebiger Offiziere der preobraczenskoischen Garde, sowie die Anhäufung seiner ungeheuern Schätze in Verbindung. Sein Besitz an Geld, Edelsteinen und sonstigen Kostbarkeiten wurde nach Millionen geschätzt.[125] Er sollte sich die Juwelen der Krone, geradezu oder durch Vertauschung, angeeignet, viele Unterthanen gewaltsam ihrer Güter beraubt, selbst die Münze betrügerisch zu seinem Vorteil ausgebeutet haben.[126] Aus den öffentlichen Schatzkammern habe er, und dies findet auch Le Fort unglaublich, 250 000 Rubel an Silbergeschirr, acht Millionen in Dukaten und dreißig Millionen in Silber gezogen. Die Pläne, sich auf den Thron zu schwingen, scheinen völlig unerwiesen. In betreff der Geldsachen würde es darauf ankommen, ob gehörig ermittelt worden ist, wieviel von seinen Schätzen aus seinem unermeßlichen Besitz, wieviel aus andern Quellen, auch aus Staatskassen in rechtmäßiger Weise von ihm bezogen worden, und was als unrechtmäßiger Erwerb zu betrachten gewesen sei, auch ob das letztere etwa zu demjenigen gehört habe, wegen dessen er bereits früher in Untersuchung genommen und begnadigt würden war. Der Mißbrauch seiner Gewalt zur Unterdrückung und Berau-

---

[124] Wo soll dieser Brief gefunden worden und wie an den Tag gekommen sein? War es glaublich, daß Menczikoff, von dessen ungeheuern Schätzen soviel Rede ist, eine Anleihe gesucht und sie bei Preußen gesucht, und daß er dabei von seiner Absicht, den Thron zu besteigen, gesprochen und einen solchen Brief in die Hände seiner Feinde habe kommen lassen? Oder war ein schwindlerisches Vorgeben von ihm im Spiele, durch welches er, in seiner krankhaften Habsucht »preußisches Geld« ziehen wollte?

[125] Bei Herrmann, IV, 516, wird, nach Le Forts Berichten vom 17. September und 25. November, erst gesagt: »die von ihm zusammengerafften Edelsteine, Silbergeschirr und bares Geld betrugen über drei Millionen,« und dann wieder: »Was er an Geld und Kostbarkeiten noch unterweges (? soll wohl heißen: noch auf den Weg) mit sich genommen hatte, wurde auf fünf Millionen geschätzt.« Vereinige das, wer kann. Nach Schmidt-Phiseldek (I, 392) fand die Untersuchungskommission, außer den Juwelen und Barschaften, drei Silberservices, zu je 24 Dutzend Tellern.

[126] Es waren namentlich geringhaltige Fünfkopekenstücke ausgegeben worden. Es fragt sich aber, ob zu Menczikoffs Privatnutzen, oder zu dem der Staatskasse?

bung Schwächerer scheint gewiß und hatte in der letzten Zeit, bei vermehrter Gelegenheit und vermeintlicher Sicherheit, wohl eher zugenommen.

Im Endurteil wurde Menczikoff und seiner Schwägerin Barbara, die sonach die ratgebende Person seiner Familie gewesen zu sein scheint, wie sie denn schon vor langen Jahren von dem Zarewitsch Alexei zu grausamem Tode bestimmt gewesen sein sollte, lebenslängliche Verbannung nach der Birkenstadt Beresoff[127] im Gouvernement Tobolsk zuerkannt. Seine Gemahlin und Kinder wurden nicht schuldig befunden, folgten ihm aber freiwillig ins Exil.[128] Doch ist die Fürstin, von vielem Weinen erblindet und in tiefen Trübsinn verfallen, unterwegs und bevor sie noch Kasan erreicht hatte, in eine bessere Welt berufen worden. Villebois giebt ihr das Zeugnis, daß sie sich auch in ihrem Glücke durch ihre Tugenden, ihre Sanftmut, Frömmigkeit und große Mildthätigkeit ausgezeichnet habe. Sie wurde zu Kasan begraben. Ihr Gemahl soll über ihren Verlust größere Betrübnis bezeigt haben, als über den seiner Freiheit, seines Vermögens und seines Glanzes. Überhaupt schloß er sich innig an seine Familie an, welche ihrerseits ihre kindliche Anhänglichkeit an ihn in unverkennbarer Weise an den Tag legte. Seit sein Schicksal entschieden war, hatte er größere Freiheit, mit den Seinen zu verkehren, als auf dem Wege nach Oranienburg, wo er doch auch jede Gelegenheit benutzt hatte, sie durch ebenso christliche, als männliche Zusprache zu ermutigen, ihnen zuzurufen, daß die Last ihres Mißgeschicks leichter zu tragen sei, als die der Macht. Der Offizier von der preobraczenskoischen Garde, der ihn nach Sibirien brachte, ursprünglich in schwedischen Diensten, dann von den Russen gefangen und in Sibirien in deren Dienste getreten, erzählte 1731 im Haag:[129] als er zu dem Fürsten, der sehr gelassen gewesen, gekommen sei, habe dieser zu ihm gesagt: »Du Kleiner, vor wenigen Wochen mußtest du mir tiefe Reverenzen machen und hattest kaum das Herz, vor mir zu erscheinen; jetzt bin ich in deiner

---

[127] Villebois versetzt sie eine ungeheure Strecke weiter nach Osten, nach Jakuzk! Über Barbaras endliches Schicksal haben wir nichts gefunden.

[128] Es gereicht dem russischen Familienleben zur Ehre, daß dieser Zug kein seltener ist.

[129] Büsching, »Beiträge zu der Lebensgeschichte denkwürdiger Personen,« IV, 215 (Halle 1783–89).

Gewalt. Ich bin nichts gewesen; Gott hat mich aber zu etwas gemacht; nun macht er mich wieder zu nichts; sein Name sei gelobt!« Vor der Abreise von Oranienburg hatte man ihnen allen ihre gewöhnlichen Kleider genommen und sie in Bärenpelze gehüllt. In Tobolsk erwartete man mit Ungeduld die Ankunft des Mannes, vor dem nur eben noch das weite Reich gezittert hatte.

Wir folgen in dem folgenden Berichte über die Schicksale der Menczikoffs in ihrer Verbannung hauptsächlich dem Villebois, wollen aber die Richtigkeit seiner Erzählungen nicht verbürgen. Diejenigen anderen Quellen, mit denen sie im Hauptwerke übereinstimmen,[130] gehören auch nicht zu den zuverlässigen; indes findet sich in dem Wenigen, was die sichern Quellen über diese Vorgänge enthalten, auch kein wesentlicher Widerspruch gegen sie.[131]

Als die Menczikoffs zu Tobolsk ankamen, redeten zwei Herren, welche Menczikoff in der Zeit seiner Macht nach Tobolsk verbannt hatte, ihn an und überhäuften ihn mit Schmähungen. Menczikoff erkannte sie und sagte, seinen Weg fortsetzend, zu dem einen: »Da du dich auf keine andere Weise an einem Feinde rächen kannst, als indem du ihn mit Schmähworten überhäufst, so schaffe dir diese Genugthuung; was mich betrifft, ich werde dich ohne Haß und ohne Groll anhören. Wenn ich dich meiner Politik geopfert habe, so geschah es, weil ich wußte, daß du viel Verdienst und viel Stolz besaßest. Ich habe in dir ein Hindernis für meine Pläne erblickt und ich habe dich gestürzt. Du würdest an meiner Stelle ebenso verfahren sein. Es sind das die Notwendigkeiten der Politik.«

Er wendete sich darauf zu dem andern Herrn, mit den Worten: »Was dich betrifft, so habe ich nicht einmal gewußt, daß du verbannt warst, indem ich keinen persönlichen Grund hatte, dir zu schaden. Wenn du verbannt worden bist, so ist es infolge irgend einer heimlichen Intrige geschehen, bei der man meinen Namen gemißbraucht hat. Da ich dich nicht mehr sah, so nahm ich an, du wärest tot oder auf Reisen; so verhält sich die Sache. Wenn jedoch die Schmähungen, die du über mich ausschüttest, eine Linderung für deine Leiden sind, so fahre fort; ich bin weit entfernt, mich dem

---

[130] Siehe in der »Neuern Geschichte der Chinesen« u.s.w., XVIII, 178 ff.

[131] Wo sich ein solcher findet, da lassen wir Villebois weichen, oder berichtigen ihn.

zu widersetzen.« Ein dritter Verbannter drängte sich durch die Menge, raffte Kot auf und warf ihn dem jungen Prinzen Menczikoff und seinen Schwestern ins Gesicht. Sofort redete ihn Menczikoff in folgender Weise an:»Deine Handlung ist ehrlos und einfältig. Hast du irgend eine Rache zu üben, so übe sie gegen mich und nicht gegen diese unglücklichen Kinder. Ihr Vater hat wohl strafwürdig sein können; sie aber sind schuldlos.«

Während seines kurzen Aufenthaltes zu Tobolsk beschäftigte er sich eifrig mit den Mitteln, das Elend zu mildern, welches seiner Familie an dem Orte ihrer Verbannung bevorstand. Der Statthalter von Sibirien hatte ihm 500 Rubel geschickt, die der Kaiser zum Unterhalte für Menczikoff und die Seinen bestimmt hatte.[132] Er schaffte sich damit die nötigen Werkzeuge zum Fällen des Holzes, Bearbeiten des Bodens, Fischen u.s.w. und einen großen Vorrat von Lebensmitteln an. Den Rest des Geldes, für den er in seinem künftigen Bestimmungsorte keine Verwendung wußte,[133] ließ er an die Armen von Tobolsk verteilen. Seine Weiterreise erfolgte auf einem kleinen offenen Karren, den bald ein Pferd, bald Hunde zogen.

Eines Tages, als sie in der Hütte eines armen Sibiriers verweilten, trat von ungefähr ein Offizier, der von Kamtschatka zurückkehrte, in dieselbe Hütte. Er war noch unter der Regierung Peters des Großen mit einem Auftrage abgesendet worden, der die Expedition des Kapitäns Bering[134] starb am 19. Dezember 1741 auf einer zweiten Expedition. G. betraf, früher Adjutant des Fürsten Menczikoff gewesen, mit dessen Sturze aber gänzlich unbekannt. Menczikoff erkannte ihn und nannte ihn beim Namen. Der Offizier fragte, durch welchen Zufall er ihm bekannt sei, und wer er wäre.»Kennst du nicht Alexandern?« versetzte der Fürst.»Welchen Alexander?« –

---

[132] In Wahrheit waren ihm täglich zehn Rubel ausgesetzt, was eine ansehnliche Diät für solche Fälle war und, nebst der Wahl des Verbannungsortes und dem und jenem andern Umstande, dafür spricht, daß man die Menczikoffs nicht mit ganzer Strenge behandeln wollte. Wahrscheinlich ließ sich Menczikoff einen Teil jener Summe vorauszahlen, um ihn in der angegebenen Weise zu verwenden.

[133] Dieses Motiv scheint Villebois aus seinem Irrwahn, daß Menczikoff nach Jakuzk verbannt worden sei, geschöpft zu haben.

[134] Der berühmte Seefahrer Vitus Bering, geboren 1680 zu Horsens in Jütland, unternahm 1725 die Reise, auf der er die später nach ihm benannte Beringstraße und das Beringmeer durchfuhr. Er

»Alexander Menczikoff.« Der Offizier erwiderte: »Ja, ich kenne ihn und muß ihn vollkommen kennen; denn ich habe unter seinen Befehlen gedient.« – »Nun wohlan,« sagte Menczikoff, »er steht vor deinen Augen.« Der Offizier, der die Sache zu unglaublich fand, hielt ihn für einen Bauer, der den Verstand verloren, und achtete nicht auf seine Rede. Menczikoff aber faßte ihn bei der Hand und führte ihn an die Öffnung, durch welche die Hütte Licht empfing. »Sieh mich recht an,« sagte er, »und erinnere dich an die Züge deines alten Generals.« Nachdem der Offizier ihn einige Zeit aufmerksam betrachtet hatte, glaubte er ihn wieder zu erkennen und rief mit dem Tone der Verwunderung: »Ach! mein Fürst, durch welches Ereignis befindet sich Eure Hoheit in dem beklagenswerten Zustande, in dem ich Sie sehe?« – »Unterdrücke die Worte Fürst und Hoheit,« unterbrach ihn Menczikoff; »ich bin nichts mehr, als ein elender Bauer, als der ich geboren bin. Gott, der mich auf den Gipfel der menschlichen Eitelkeit gehoben, hat mich in meinen frühern Zustand zurücksinken lassen.« Der Offizier, der nichts weniger als überzeugt war, hatte in einem Winkel der Hütte einen jungen Bauer bemerkt, der mit Ausbesserung seiner durchlöcherten Stiefel beschäftigt war, und fragte ihn mit gedämpfter Stimme, ob er jenen Menschen kenne. »Ja,« erwiderte der junge Mann, »es ist Alexander, mein Vater. Willst auch du uns in unserm Unglücke nicht mehr kennen, du, der so oft und so lange unser Brot gegessen hat?« Als der Vater seinen Sohn in dieser Weise sprechen hörte, hieß er ihn schweigen und sagte zu dem Offizier: »Bruder, vergieb dem unglücklichen Kinde seine verbitterte Stimmung. Dieser junge Mann ist in der That mein Sohn, den du so oft auf deine Kniee hüpfen ließest; siehe dort meine Töchter,« setzte er hinzu, indem er ihm zwei junge auf der Erde liegende Bäuerinnen zeigte, welche trockenes Brot in eine hölzerne Schale mit Milch tauchten. »Die Älteste hat die Ehre gehabt, die Verlobte des Kaisers Peter II. zu sein.« Bei dem Worte Peter II. schien der Offizier betroffen, und Menczikoff, dem sein Erstaunen nicht entging, erriet dessen Ursache und setzte ihm kürzlich die ganze Kette der Begebenheiten seit 1725 auseinander. Dann wies er auf seine jetzt schlummernden Kinder und sagte, außer stande, seine Thränen länger zurückzuhalten: »Siehe da den einzigen Gegenstand meiner Qual, die einzige Ursache meiner Schmerzen. Ich bin jetzt so arm, wie ich reich gewesen bin, aber ich vermisse mein verlornes Vermögen nicht. Ich bin als Bauer geboren, ich werde als Bauer sterben; die Armut hat nichts, was mich erschreckt. Mein Leben ist nicht frei von Fehlern gewesen, und ich betrachte mein gegenwärtiges Elend als eine gerechte Buße für meine frühern Fehltritte. Diese unschuldigen Geschöpfe aber, welche Verbrechen haben sie begangen? Warum sie in meinen Sturz verwickeln? Fürwahr ich hoffe im Grund meiner Seele, daß der immer gnädige Gott meine Kinder ihre Heimat wiedersehen lassen wird; sie werden zurückkehren, durch die Erfahrung erleuchtet, und sich mit ihrer Stellung, wie niedrig der Himmel sie ihnen auch bereiten möge, genügen lassen. Ist es nicht mein unersättlicher Ehrgeiz gewesen, der die Quelle der Leiden wurde, die ich jetzt erdulde? Wir trennen uns jetzt, um uns ohne Zweifel nie wieder zu sehen. Wenn du die Ehre hast, von dem Kaiser empfangen zu werden, so erzähle ihm, wie du mich gefunden hast, versichere ihm, daß ich nicht auf seine Gerechtigkeit schmähe, und sage ihm, daß ich gegenwärtig eine Freiheit des Geistes und eine Ruhe des Gewissens genieße, die ich mir in der Zeit meines Glückes nicht träumen ließ.« Der Offizier konnte dem Ganzen erst dann vollen Glauben schenken, als die Soldaten der Bedeckung ihm die Sache bestätigten, und sah nicht ohne tiefe Rührung seinen alten General wieder auf seinen elenden Karren steigen. An dem Orte seiner Verbannung angekommen, beschloß er sogleich, ein bequemeres Haus zu bauen, als die sibirische Hütte, die ihm zur Wohnung angewiesen war. Er benutzte dazu die acht Bauern, die man ihm mitzunehmen erlaubt hatte, legte aber auch selbst mit Hand ans Werk und arbeitete wie die andern. Wie bei allen seinen frühern Prachtbauten, begann er auch hier mit einer, wenn auch nur hölzernen Kapelle.[135] Dann erst ward für die Wohnung gesorgt, welche aus vier Zimmern und einer Hausflur bestand. In einem Zimmer wohnte er mit seinem Sohne, in einem zweiten seine Töchter, in dem dritten die Bauern, und das vierte ward als Vorratskammer benutzt. Die älteste Tochter trug für die Küche, die zweite für die Wäsche Sorge. Ein mitleidiger Freund,

---

[135] Daß Menczikoff von seinen Diäten noch das Geld zum Baue einer Kirche erspart und selbst mit der Axt daran gearbeitet habe, wird allerwärts bestätigt. Sie scheint unmittelbar an der Wohnung des Fürsten angebracht gewesen zu sein, und vor derselben befand sich ein Betstübchen, welches Bismarck, der Schwager Birons, der mit diesem 1740 gestürzt wurde, und später Ostermann, in der Zeit ihres Exils, fleißig benutzten, weil sie darin von der Gesellschaft ihrer Wachen befreit waren. Siehe Herrmann, V, 182.

dessen Name nie bekannt geworden ist, schickte ihnen von Tobolsk einen Ochsen, vier Milchkühe und Hausgeflügel aller Art. Ein Gemüsegarten ward angelegt, und so verfloß ein Halbjahr ungestört. Die vorher öfters wankende Gesundheit des Fürsten schien sich in der Verbannung zu befestigen, und es wird angemerkt, daß er sogar fett geworden sei.[136] Da ward zuerst seine älteste Tochter von den Blattern befallen. Der Vater vertrat die Stelle des Priesters und des Arztes,[137] versuchte vergeblich die ihm passend erscheinenden Heilmittel und ermahnte zuletzt, als er das Fruchtlose seiner Bemühungen erkannte, die Leidende, mit christlichem Mute zu sterben. Sie antwortete: daß sie, weit entfernt, sich vor dem Übergange aus diesem Leben in ein anderes zu fürchten, vielmehr wünsche, daß dieser Augenblick so früh als möglich kommen möge. Der Himmel erhörte ihre Bitte, und sie verschied in den Armen ihres Vaters, der seine andern Kinder aufforderte, von ihrer Schwester zu lernen, wie man sterben müsse, ohne den Verlust des Irdischen zu beklagen, die üblichen Totengebete anstimmte und die Verschiedene in der Kapelle beisetzen ließ. Die beiden andern Geschwister wurden bald darauf von derselben Krankheit ergriffen, genasen aber unter der Pflege ihres Vaters. Dann aber verfiel dieser selbst, von Gram und Anstrengung erschöpft, in ein Fieber, das bald seine letzten Kräfte aufzehrte. Als er sein Ende nahen fühlte, rief er seine beiden ihm noch verbliebenen Kinder und sprach zu ihnen mit vollkommener Ruhe: »Meine letzte Stunde naht; der Tod würde nur Tröstliches für mich haben, wenn ich, bei meinem Erscheinen vor Gott, nur von der Zeit Rechenschaft abzulegen hätte, die ich in diesem Exile verbracht habe. Vernunft und Religion, die ich in meinem Glücke vernachlässigte, haben mich gelehrt, daß, wenn die Gerechtigkeit Gottes unendlich ist, seine Barmherzigkeit, auf die ich hoffe, es nicht minder ist. Ich würde von der Welt und von euch ruhiger scheiden, wenn ich euch nur Beispiele der Tugend geboten hätte. Eure Herzen, bis jetzt noch frei von der Verdammnis, befinden sich noch in einem Zustande der Unschuld, die ihr inmitten dieser Wüsten besser bewahren werdet, als am Hof. Wenn ihr jemals dorthin zurückkehret,

---

[136] Schmidt-Phiseldek, I, 393. Dieser Umstand würde übrigens die gewöhnliche Annahme, daß er am Schlagfluß gestorben sei, unterstützen.

[137] Ein Geistlicher muß doch in Beresoff gewesen sein. Aber freilich Villebois versetzt die Menczikoffs in eine Wüste.

so erinnert euch nur an die Beispiele, die ich euch an diesem Wohnorte gegeben habe. Meine Kräfte entschwinden; nähert euch, meine Kinder, damit ich euch meinen Segen gebe.« Er wollte seine Hand ausstrecken; aber das Haupt fiel ihm auf die Schulter; ein leichter Krampf erfaßte ihn, und er verschied. Er wurde in der von ihm erbauten Kapelle, zur Seite seiner Tochter, begraben.

So erzählt Villebois, oder wer sonst unter dessen Namen geschrieben. Daß er nicht einmal über den Ort des Exils etwas Richtiges weiß, läßt freilich einen starken Zweifel auf seine Details fallen. Indes wäre immer möglich, daß dieselben aus Erzählungen der zurückgekehrten Begleiter des Fürsten geflossen und von dem Schriftsteller an einen falschen Ort verlegt worden wären. Sie konnten ebensogut zu Beresoff, wie zu Jakuzk vorkommen. Nach Weber (III, 178) wäre Menczikoff in tiefe Schwermut verfallen und des Lebens müde gewesen, daher er weder Speise, noch Arznei nehmen wollen, und in den letzten Tagen nichts als etwas kaltes Wasser genossen, auch kein Wort geredet habe. Nach von Mannstein (S. 16) starb er an Vollblütigkeit, weil kein Arzt zur Hand war, der ihm zur Ader hätte lassen können. Selbst über die Zeit, zu welcher dieser einst so mächtige Mann gestorben, schwebt eine bezeichnende Ungewißheit. Die Angaben variieren zwischen dem November 1729 und dem Jahre 1731. Am wahrscheinlichsten ist aber die erstere Zeit.[138]

Fest steht, daß die Menczikoffs von der Kaiserin Anna um 1730 zurückberufen wurden,[139] worauf sie sowohl die Gelder, welche Menczikoff in den Banken von Amsterdam und Venedig niedergelegt hatte und die dort auch gegen den russischen Fiskus behauptet worden waren, als den fünfzigsten Teil der Grundbesitzungen ihres Vaters erhalten haben sollen.[140] Daß die Tochter sich mit dem Herzog von Kurland vermählt habe, wie Villebois (S. 120 und 127) sagt

---

[138] Weber giebt den 2. November 1729 als den Todestag an. Daß er im November jenes Jahres gestorben, bestätigt auch Le Fort, 9. Januar 1730 (bei Herrmann, IV, 517).

[139] Oder da sie eigentlich gar nicht verbannt waren, zurückkamen.

[140] Von den Kostbarkeiten Menczikoffs fand schon die Kaiserin Anna nur noch äußerst wenig mehr vor, und dies gehörte mit zu den Klagpunkten gegen die Dolgoruckijs, namentlich gegen Iwan Alexejewicz.

und auch sein Herausgeber nicht bezweifelt, ist allerdings nicht wahr. Sie heiratete den General Grafen Gustav Biron, starb aber schon 24. Oktober 1736. Der Sohn wurde sogleich nach seiner Rückkehr Kapitänleutnant der kaiserlichen Garde und von ihm, der als General 8. Dezember 1764 starb, stammt der Fürst Alexei Menczikoff.[141] Beide Geschwister hat man bei ihrer Rückkehr nicht bloß im Äußern verändert gefunden, indem sie im Exil um fast einen halben Fuß gewachsen sein sollen und ihre Züge sich entsprechend ausgebildet hatten; es wird auch bemerkt, daß ihr früher eitles und gebieterisches Betragen sich in die größte Leutseligkeit und Bescheidenheit umgewandelt habe.

Ende.

---

[141] Der Fürst Alexei Sergewitsch Menczikoff, der Urenkel unseres Helden, geboren 11. September 1787, hat als Diplomat und Staatsmann ebenfalls eine bedeutsame Rolle in der russischen Geschichte gespielt. Als außerordentlicher Gesandter wurde er 1853 nach Konstantinopel geschickt und trug durch sein brüskes Auftreten, indem er im Paletot und mit beschmutzten Stiefeln im Diwan erschien, nicht wenig zur Herbeiführung des Krimkrieges bei. Er starb am 2. Mai 1869. G.

Über tredition

Eigenes Buch veröffentlichen

tredition wurde 2006 in Hamburg gegründet und hat seither mehrere tausend Buchtitel veröffentlicht. Autoren veröffentlichen in wenigen leichten Schritten gedruckte Bücher, e-Books und audio-Books. tredition hat das Ziel, die beste und fairste Veröffentlichungsmöglichkeit für Autoren zu bieten.

tredition wurde mit der Erkenntnis gegründet, dass nur etwa jedes 200. bei Verlagen eingereichte Manuskript veröffentlicht wird. Dabei hat jedes Buch seinen Markt, also seine Leser. tredition sorgt dafür, dass für jedes Buch die Leserschaft auch erreicht wird.

Im einzigartigen Literatur-Netzwerk von tredition bieten zahlreiche Literatur-Partner (das sind Lektoren, Übersetzer, Hörbuchsprecher und Illustratoren) ihre Dienstleistung an, um Manuskripte zu verbessern oder die Vielfalt zu erhöhen. Autoren vereinbaren direkt mit den Literatur-Partnern die Konditionen ihrer Zusammenarbeit und partizipieren gemeinsam am Erfolg des Buches.

Das gesamte Verlagsprogramm von tredition ist bei allen stationären Buchhandlungen und Online-Buchhändlern wie z. B. Amazon erhältlich. e-Books stehen bei den führenden Online-Portalen (z. B. iBookstore von Apple oder Kindle von Amazon) zum Verkauf.

Einfach leicht ein Buch veröffentlichen: **www.tredition.de**

Eigene Buchreihe oder eigenen Verlag gründen

Seit 2009 bietet tredition sein Verlagskonzept auch als sogenanntes "White-Label" an. Das bedeutet, dass andere Unternehmen, Institutionen und Personen risikofrei und unkompliziert selbst zum Herausgeber von Büchern und Buchreihen unter eigener Marke werden können. tredition übernimmt dabei das komplette Herstellungs- und Distributionsrisiko.

Zahlreiche Zeitschriften-, Zeitungs- und Buchverlage, Universitäten, Forschungseinrichtungen u.v.m. nutzen diese Dienstleistung von tredition, um unter eigener Marke ohne Risiko Bücher zu verlegen.

Alle Informationen im Internet: **www.tredition.de/fuer-verlage**

tredition wurde mit mehreren Innovationspreisen ausgezeichnet, u. a. mit dem Webfuture Award und dem Innovationspreis der Buch Digitale.

tredition ist Mitglied im Börsenverein des Deutschen Buchhandels.

Dieses Werk elektronisch lesen

Dieses Werk ist Teil der Gutenberg-DE Edition DVD. Diese enthält das komplette Archiv des Projekt Gutenberg-DE. Die DVD ist im Internet erhältlich auf **http://gutenbergshop.abc.de**

Zeitfracht Medien GmbH
Ferdinand-Jühlke-Straße 7
99095 Erfurt, Deutschland
produktsicherheit@kolibri360.de